火烧云

萧红 ◎ 著

目录

001
《火烧云》名师导读

001
呼兰河传（节选）

001
第一章

054
第三章

100
回忆鲁迅先生(节选)

《火烧云》名师导读

湖北省宜昌市外国语初级中学　陈启艳

《呼兰河传》和《回忆鲁迅先生》都是中国作家萧红创作的作品。萧红（1911—1942），乳名荣华，学名张秀环，后由外祖父改名为张廼（nǎi）莹。笔名萧红、悄吟、玲玲、田娣等。黑龙江省哈尔滨市呼兰人，中国近现代女作家，"民国四大才女"之一，被誉为20世纪30年代的"文学洛神"。主要作品有：《生死场》《呼兰河传》《小城三月》《孤独的生活》《马伯乐》等。

《呼兰河传》是一部充满童心、诗趣和灵感的"回忆式"长篇小说。作品以萧红自己的童年生活为线索，以"我的"视角，描写了二十世纪二三十年代东北小城的风土人情。通过追忆家乡各色人物和生活画面，真实而生动地再现当地老百姓平凡、愚昧、落后的生活日常，向我们展现出那个时代的社会风貌和人情百态，表达了作者对故土和童年美好生活的向往与怀念之情，同时也无情地揭露和鞭挞了封建陋习对当时社会的迫害和污染。这是一部最具萧红小说特色的作品，作家以她娴熟的回忆技巧、抒情诗的散文风格、浑重而又轻盈的文笔，造就了她"回忆式"的巅峰之作。茅盾曾这样评价她的艺术成就：它是一篇叙事诗，一片多彩的风土画，一串凄婉的歌谣。

《呼兰河传》共七章，第一、二章是对呼兰河城风情的描绘，第三、四章是"我"童年的回忆，展现"我"在呼兰河城度过的童年时光。第五、六、七章则是由景物转到人物，写出了团圆媳妇、冯歪嘴子、有二伯等一系列悲惨的故事。

本册书选编了《呼兰河传》的第一章和第

三章。第一章以宏观的俯瞰视角，按照空间顺序勾勒呼兰小城的总体格局：十字街、东二道街、西二道街、若干小胡同，将呼兰固定在了寒冷而荒凉的东北大地上。小城人的生活空间局促、逼仄、简陋，街上为人而做的设施不多——几家碾磨房，几家豆腐店，一两家机房、染缸房，东二道街上唯一的文化设施是两座小学校，西二道街还有一个设在城隍庙里的清真学校。

给人印象最深的是东二道街那个赫赫有名的、全城引以为荣与骄傲的五六尺深的大泥坑，在那里上演了一幕幕让人啼笑皆非的悲喜剧。"若是一匹马，那就不然了，非粘住不可。不仅仅是粘住，而且把它陷进去。"用了大量的比喻和夸张的手法来衬托大泥坑的高和险。在马儿陷进去后，文中写到"不用说那就是绅士一流的人物了，他们是站在一旁参观的。"采用反语对那些"绅士"，见死不救之人进行讽刺。呼兰河人虽然深受大泥坑之苦，但一直没有想办法用土去填平，因为这泥坑带给当地居民两条福利：一是常常抬轿抬马，淹鸡淹鸭，闹得非常热闹，可使居民说长道短，得以消遣；二是居民们可以心安理得地吃又经济，又不算不卫生的瘟猪肉。呼兰河镇每天都过着重复且平凡的日子，大泥坑就在那里，不言不语，冷眼旁观着城里的人来人往，它是整个呼兰河小城的浓缩镜像。

第三章是整部小说的重彩油画的聚焦点，讲述了祖父、花园和她的故事，记录了她人生中这段最快乐的时光。作者跟着祖父在园中栽花、拔草、种白菜、铲地、浇水，当然这都是童年游戏的内容，不是真正的劳作，是"乱闹"，至于摘黄瓜、追蜻蜓、采倭瓜花、捉绿蚂蚱，更是孩童的游戏了。玩闹累了，就在园子里睡下。在这里，一花一草，一虫一鸟都是她的挚爱；在这里，祖父给了她疼爱和陪伴，花园给了她自由和快乐。

"花开了，就像花睡醒了似的。鸟飞了，就像鸟上天了似的。虫子叫了，就像虫子在说话似的。一切都活了。都有无限的本领，要做什么，就做什么。要怎么样，就怎么样。都是自由的。倭瓜愿意爬上架就爬上架，愿意爬上房就爬上房。黄瓜愿意开一个谎花，就开一个谎花，愿意结一个黄瓜，就结一个黄瓜。若都不愿意，就是一个黄瓜也不结，一朵花也不开，也没有人问它……"诗一般的语言，童话般的意境，后花园里都是满满的回忆。

《回忆鲁迅先生》是一篇回忆性散文，作品通过叙写作者与鲁迅先生一家交往的生活小事，一点一点追忆鲁迅，表现出鲁迅超群的智慧，广阔的胸襟和可亲可敬的个性品质。作者通过女性的细心体察，敏锐捕捉到了鲁迅先生许多有灵性的生活细节，真实再现了生活中直率、幽默、爽朗、敏捷、和善，对青年严格要求的同时又深切关爱，生活平凡随意，为人宽厚仁爱的鲁迅。

让我们一起走进萧红的文字，去感受一种别样的美好！

呼兰河传（节选）

第一章

一

严冬一封锁了大地的时候，则大地满地裂着口。从南到北，从东到西，几尺长的，一丈长的，还有好几丈长的，它们毫无方向，更随时随地，只要严冬一到，大地就裂开口了。

严寒把大地冻裂了。

年老的人，一面进屋用扫帚扫着胡子上的冰溜，一面说：

"今天好冷啊！地冻裂了。"

赶车的车夫，顶着三星，绕着大鞭子走了六七十里，天刚一蒙亮，进了大车店，第一句话就向客栈掌柜的说：

"好厉害的天啊！小刀子一样。"

等进了栈房，摘下狗皮帽子来，抽一袋烟之后，伸手去拿热馒头的时候，那伸出来的手在手背上有无数的裂口。

人的手被冻裂了。

卖豆腐的人清早起来沿着人家去叫卖，偶一不慎，就把盛豆腐的方木盆贴在地上拿不起来了，被冻在地上了。

卖馒头的老头，背着木箱子，里边装着热馒头，太阳一出来，就在街上叫唤。他刚一从家里出来的时候，走得快，喊的声音也大。可是过不了一会，他的脚上挂了掌子了，在脚心上好像踏着一个鸡蛋似的，圆滚滚的。原来冰雪封满了他的脚底了。他走起来十分地不得力，若不是十分地加着小心，他就要跌倒了。就是这样，也还是跌倒的。跌倒了是不很好的，把馒头箱子跌翻了，馒头从箱底一个一个地滚了出来。旁边若有人看见，趁着这机会，趁着老头子倒下一时还爬不起来的时候，就拾了几个一边吃着就走了。等老头子挣扎起来，连馒头带冰雪一起捡到箱子去，一数，不对数。他明白了。他向着那走不太远的吃他馒头的人说：

"好冷的天，地皮冻裂了，吞了我的馒头了。"

行路人听了这话都笑了。他背起箱子来再往前走，那脚下的冰溜，似乎是越结越高，使他越走越困难，于是背上出了汗，眼睛上了霜，胡子上的冰溜越挂越多，而且因为呼吸的关系，把破皮帽子的帽耳朵和帽前遮都挂了霜了。这老头越走越慢，担心受怕，战战兢兢，好像初次穿上滑冰鞋，被朋友推上了溜冰场似的。

小狗冻得夜夜地叫唤，哽哽的，好像它的脚爪被火烧着一样。

天再冷下去：

水缸被冻裂了；

井被冻住了；

大风里的雪，竟会把人家的房子封住，睡了一夜，早晨起来，推门，竟推不开门了。

　　大地一到了这严寒的季节，一切都变了样，天空是灰色的，好像刮了大风之后，呈着一种混沌沌的气象，而且整天飞着清雪，人们走起路来是快的，嘴里边的呼吸，一遇到了严寒好像冒着烟似的。七匹马拉着一辆大车，在旷野上成串地一辆挨着一辆地跑，打着灯笼，甩着大鞭子，天空挂着三星。跑了两里路之后，马就冒汗了。再跑下去，这一批人马在冰天雪地里边竟热气腾腾的了。一直到太阳出来，进了栈房，那些马才停止了出汗。但是一停止了出汗，马毛立刻就上了霜。

　　人和马吃饱了之后，他们再跑。这寒带的地方，人家很少，不像南方，走了一村，不远又来了一村，过了一镇，不远又来了一镇。这里是什么也看不见，远望出去是一片白。从这一村到那一村，根本是看不见的。只有凭了认路的人的记忆才知道是走向了什么方向。拉着粮食的七匹马的大车，是到他们附近的城里去。

载来大豆的卖了大豆，载来高粱的卖了高粱，等回去的时候，他们带了油、盐和布匹。

呼兰河就是这样的小城，这小城并不怎样繁华，只有两条大街，一条从南到北，一条从东到西，而最有名的算是十字街了。十字街口集中了全城的精华。十字街上有金银首饰店、布庄、油盐店、茶庄、药店，也有拔牙的洋医生。那医生的门前，挂着很大的招牌。那招牌上画着特别大的有量米的斗那么大的一排牙齿。这广告在这小城里边无乃太不相当，使人们看了竟不知道那是什么东西。因为油店、布店和盐店，他们都没有什么广告，也不过是盐店门前写个"盐"字，布店门前挂了两张怕是自古亦有之的两张布幌子。其余的如药店的招牌，也不过是把那戴着花镜的伸出手去在小枕头上号着妇女们的脉管的医生的名字挂在门外就是了。比方那医生的名字叫李永春，那药店也就叫"李永春"。人们凭着记忆，哪怕就是李永春摘掉了他的招牌，人们也都知李永春是在那里。不但城里的人这样，就是从乡下来的人也多少都把这城里的街道，和街道上尽是些什么都记熟了。用不着什么广告，用不着什么招引的方式，要买的比如油盐、布匹之类，自己走进去就会买。不需要的，你就是挂了多大的牌子，人们也是不去买的。那牙医生就是一个例子，那从乡下来的人们看了这么大的牙齿，真是觉得稀奇古怪，所以那大牌子前边，停了许多人在看，看也看不出是什么道理来。假若他是正在牙痛，他也绝对的不去让那用洋法子的医生给他拔掉，也还是走到李永春药店去，买二两黄连，回家去含着算了吧！因为那牌子上的牙齿太大了，有点莫名其妙，怪害怕的。

所以那牙医生，挂了两三年招牌，到那里去拔牙的却是寥寥无几。

后来那女医生没有办法，大概是生活没法维持，她兼做了收生婆。

城里除了十字街之外，还有两条街，一条叫作东二道街，一条叫作西二道街。这两条街是从南到北的，大概有五六里长。这两条街上没有什么好记载的，有几座庙，有几家烧饼铺，有几家粮栈。

东二道街上有一家火磨,那火磨的院子很大,用红色的好砖砌起来的大烟筒是非常高的,听说那火磨里边进去不得,那里边的消信①可多了,是碰不得的。一碰就会把人用火烧死,不然为什么叫火磨呢?就是因为有火,听说那里面不用马或是毛驴拉磨,用的是火。一般人以为尽是用火,岂不把火磨烧着了吗?想来想去,想不明白。越想也就越糊涂。偏偏那火磨又是不准参观的。听说门口站着守卫。

东二道街上还有两家学堂,一个在南,一个在北头。都是在庙里边,一个在龙王庙里,一个在祖师庙里。两个都是小学。

龙王庙里的那个学的是养蚕,叫作农业学校。祖师庙里的那个,是个普通的小学,还有高级班,所以又叫作高等小学。

这两个学校,名目上虽然不同,实际上是没有什么分别的。也不过那叫作农业学校的,

---

① 机关。

到了秋天把蚕用油炒起来，教员们大吃几顿就是了。

那叫作高等小学的，没有蚕吃，那里边的学生的确比农业学校的学生长得高，农业学生开头是念"人、手、足、刀、尺"，顶大的也不过十六七岁。那高等小学的学生却不同了，吹着洋号，竟有二十四岁的，在乡下私学馆里已经教了四五年的书了，现在才来上高等小学。也有在粮栈里当了二年的管账先生的现在也来上学了。

这小学的学生写起家信来，竟有写道："小秃子闹眼睛好了没有？"小秃子就是他的八岁的长公子的小名。次公子、女公子还都没有写上，若都写上怕是把信写得太长了。因为他已经子女成群，已经是一家之主了，写起信来总是多谈一些个家政：姓王的地户的地租送来没有？大豆卖了没有？行情如何之类。

这样的学生，在课堂里边也是极有地位的，教师也得尊敬他，一不留心，他这样的学生就站起来了，手里拿着《康熙字典》，常常会把先生指问住的。万里乾坤的"乾"和乾菜的"乾",据这学生说是不同的。乾菜的"乾"应该这样写:"乾",而不是那样写:"乾"。

西二道街上不但没有火磨,学堂也就只有一个,是个清真学校,设在城隍庙里边。

其余的也和东二道街一样,灰秃秃的,若有车马走过,则烟尘滚滚;下了雨满地是泥。而且东二道街上有大泥坑一个,五六尺深。不下雨那泥浆好像粥一样,下了雨,这泥坑就变成河了,附近的人家,就要吃它的苦头,冲了人家里满满是泥。等坑水一落了去,天一晴了,被太阳一晒,出来很多蚊子飞到附近的人家去。同时那泥坑也就越晒越纯净,好像在提炼什么似的,好像要从那泥坑里边提炼出点什么来似的。若是一个月以上不下雨,那大泥坑的质度更纯了,水分完全被蒸发走了,那里边的泥,又黏又黑,比粥锅糊,比糨糊还黏。好像炼胶的大锅似的,黑糊糊的,油亮亮的,哪怕苍蝇蚊子从那里一飞也要粘住的。

小燕子是很喜欢水的,有时误飞到这泥坑

上来，用翅子点着水，看起来很危险，差一点被泥坑陷害了它，差一点被粘住，赶快头也不回地飞跑了。

若是一匹马，那就不然了，非粘住不可。不仅仅是粘住，而且把它陷进去，马在那里边滚着，挣扎着，挣扎了一会，没有了力气那马就躺下了。一躺下那就很危险，很有致命的可能。但是这种时候不很多，很少有人牵着马或是拉着车子来冒这种险。

这大泥坑子出乱子的时候，多半是在旱年，若两三个月不下雨这泥坑子才到了真正危险的时候。在表面上看来，似乎是越下雨越坏，一下了雨好像小河似的了，该多么危险。有一丈来深，人掉下去也要没顶的。其实不然，呼兰河这城里的人没有这么傻，他们都晓得这个坑是很厉害的，没有一个人敢有这样大的胆子牵着马从这泥坑上过。

可是若三个月不下雨，这泥坑子就一天一天地干下去，到后来也不过是二三尺深，有些勇敢者就试探着冒险地赶着车从上边过去了，还有些勇敢者，看着别人过去，也就跟着过去了。一来二去的，这坑子的两岸，就压成车轮经过的车辙了。那再后来者，一看，前边已经有人走在先了，这懦怯者比之勇敢的人更勇敢，赶着车子走上去了。

谁知这泥坑子的底是高低不平的，人家过去了，可是他却翻了车了。

车夫从泥坑爬出来，弄得和个小鬼似的，满脸泥污，而后再从泥中往外挖掘他的马。不料那马已经倒在泥污之中了，这时候有些过路的人，也就走上前来，帮忙施救。

这过路的人分成两种，一种是穿着长袍短褂的，非常清洁。看那样子也伸不出手来，因为他的手也是很洁净的。不用说那就是绅士一流的人物了，他们是站在一旁参观的。

看那马要站起来了，他们就喝彩，"噢！噢！"地喊叫着，看那马又站不起来，又倒下去了，这时他们又是喝彩，"噢噢"地又叫了几声。不过这喝的是倒彩。

就这样的马要站起来，而又站不起来地闹

了一阵之后，仍然没有站起来，仍是照原样可怜地躺在那里。这时候，那些看热闹的觉得也不过如此，也没有什么新花样了，于是星散开去，各自回家去了。

现在再来说那马还是在那里躺着，那些帮忙救马的过路人，都是些普通的老百姓，是这城里的担葱的、卖菜的、瓦匠、车夫之流。他们卷卷裤脚，脱了鞋子，看看没有什么办法，走下泥坑去，想用几个人的力量把那马抬起来。

结果抬不起来了，那马的呼吸不大多了。于是人们着了慌，赶快解了马套。从车子把马解下来，以为这回那马毫无担负地就可以站起来了。

不料那马还是站不起来，马的脑袋露在泥浆的外边，两个耳朵哆嗦着，眼睛闭着，鼻子往外喷着突突的气。

看了这样可怜的景象，附近的人们跑回家去，取了绳索，拿了绞锥，用绳子把马捆了起来，用绞锥从下边掘着。人们喊着号令，好像造房子或是架桥梁似的，把马抬出来了。

马是没有死,躺在道旁。人们给马浇了一些水,还给马洗了一个脸。看热闹的也有来的,也有去的。

第二天大家都说:

"那大水泡子又淹死了一匹马。"

虽然马没有死,一哄起来就说马死了。若不这样说,觉得那大泥坑也太没有什么威严了。

在这大泥坑上翻车的事情不知有多少。一年除了被冬天冻住的季节之外,其余的时间,这大泥坑子像它被赋给生命了似的,它是活的。水涨了,水落了,过些日子大了,过些日子又小了。大家对它都起着无限的关切。

水大的时间,不但阻碍了车马,也阻碍了行人,老头走在泥坑子的沿上,两条腿打战,小孩子在泥坑子的沿上吓得狼哭鬼叫。

一下起雨来这大泥坑子白亮亮地涨得溜溜地满,涨到两边的人家的墙根上去了,把人家的墙根给淹没了。来往过路的人,一走到这里,就像在人生的路上碰到了打击。是要奋斗的,卷起袖子来,咬紧了牙根,全身的精力集中起来,手抓着人家的板墙,心脏扑通扑通地跳,头不要晕,眼睛不要花,要沉着迎战。

偏偏那人家的板墙造得又非常地平滑整齐,好像有意在危难的时候不帮人家的忙似的,使那行路人不管怎样巧妙地伸出手来,也得不到那板墙的怜悯。东抓抓不着什么,西摸也摸不到什么,平滑得连一个疤拉节子也没有,这可不知道是什么山上长的木头,长得这样完好无缺。

挣扎了五六分钟之后,总算是过去了。弄得满头流汗,满身发烧,那都不说,再说那后来的人,依法炮制,那花样也不多,也只是东抓抓,西摸摸,弄了五六分钟之后,又过去了。

一过去了可就精神饱满,哈哈大笑着,回头向那后来的人,向那正在艰苦阶段上奋斗着的人说:

"这算什么,一辈子不走几回险路那不算英雄。"

可也不然,也不一定都是精神饱满的,而大半是被吓得脸色发白。有的虽然已经过去了多时,还是不能够很快地抬起腿来走路,因为那腿还在打战。

这一类胆小的人,虽然是险路已经过去了,但是心里边无由地生起来一种感伤的情绪,心里颤抖抖的,好像被这大泥坑子所感动了似的,总要回过头来望一望,打量一会,似乎要有些话说。终于也没有说什么,还是走了。

有一天,下大雨的时候,一个小孩子掉下去,让一个卖豆腐的救了上来。

救上来一看,那孩子是农业学校校长的儿子。

于是议论纷纷了,有的说是因为农业学堂设在庙里边,冲了龙王爷了,龙王爷要降大雨淹死这孩子。

有的说不然,完全不是这样,都是因为这孩子的父亲的关系。他父亲在讲堂上指手画脚地讲,讲给学生们说,说这天下雨不是在天上的龙王爷下的雨,他说没有龙王爷。你看这不把龙王爷活活地气死,他这口气哪能不出呢?所以就抓住了他的儿子来实行因果报应了。

有的说，那学堂里的学生也太不像样了，有的爬上了老龙王的头顶，给老龙王去戴了一个草帽。这是什么年头，一个毛孩子就敢惹这么大的祸，老龙王怎么会不报应呢？看着吧，这还不能算了事，你想龙王爷并不是白人呵！你若惹了他，他可能够饶了你？那不像对付一个拉车的、卖菜的，随便地踢他们一脚就让他们去。那是龙王爷呀！龙王爷还是惹得的吗？

有的说，那学堂的学生都太不像样了，他说他亲眼看过，学生们拿了蚕放在大殿上老龙王的手上。你想老龙王哪能够受得了。有的说，现在的学堂太不好了，有孩子是千万上不得学堂的。一上了学堂就天地人鬼神不分了。

有的说，他要到学堂把他的儿子领回来，不让他念书了。

有的说孩子在学堂里念书，是越念越坏，比方吓掉了魂，他娘给他叫魂的时候，你听他说什么？他说这叫迷信。你说再念下去那还了得吗？

说来说去，越说越远啊。

过了几天,大泥坑子又落下去了,泥坑两岸的行人通行无阻。

再过些日子不下雨,泥坑子就又有点像要干了。这时候,又有车马开始在上面走,又有车子翻在上面,又有马倒在泥中打滚,又是绳索棍棒之类的,往外抬马,被抬出去的赶着车子走了,后来的陷进去,再抬。

一年之中抬车抬马,在这泥坑子上不知抬了多少次,可没有一个人说,把泥坑子用土填起来不就好了吗?没有一个。

有一次一个老绅士在泥坑涨水时掉在里边了。一爬出来,他就说:

"这街道太窄了,去了这水泡子连走路的地方都没有了。这两边的院子,怎么不把院墙拆了让出一块来?"

他正说着,板墙里边,就是那院中的老太太搭了言。她说院墙是拆不得的,她说最好种树,若是沿着墙根种上一排树,下起雨来人就可以攀着树过去了。

说拆墙的有,说种树的有,若说用土把泥

坑来填平的，一个人也没有。

这泥坑子里边淹死过小猪，用泥浆闷死过狗，闷死过猫，鸡和鸭也常常死在这坑里边。

原因是这泥坑上边结了层硬壳，动物们不认识那硬壳下面就是陷阱，等晓得了可也就晚了。它们跑着或是飞着，等往那硬壳上一落可就再也站不起来了。白天还好，或者有人又要来施救。夜晚可就没有办法了。它们自己挣扎，挣扎到没有力量的时候很自然地沉下去了，其实也或者越挣扎越沉下去得快。有时至死也还不沉下去的事也有。若是那泥浆的密度过高的时候，就有这样的事。

比方肉上市，忽然卖便宜猪肉了，于是大家就想起那泥坑来了，说：

"可不是那泥坑子里边又淹死了猪了？"

说着若是腿快的，就赶快跑到邻人的家去，告诉邻居。

"快去买便宜肉吧，快去吧，快去吧，一会没有了。"

等买回家来才细看一番，似乎有点不大对，

怎么这肉又紫又青的！可不要是瘟猪肉。

但是又一想，哪能是瘟猪肉呢，一定是那泥坑子淹死的。

于是煎、炒、蒸、煮，家家都吃起便宜猪肉来，虽然吃起来了，但就总觉得不大香，怕还是瘟猪肉。

可是又一想，瘟猪肉怎么可以吃得，那么还是泥坑子淹死的吧！

本来这泥坑子一年只淹死一两口猪，或两三口猪，有几年还连一口猪没有淹死。至于居民们常吃淹死的猪肉，这可不知是怎么一回事，真是龙王爷晓得。

虽然吃的自己说是泥坑子淹死的猪肉，但也有吃病了的，那吃病了的就大发议论说：

"就是淹死的猪肉也不应该抬到市上去卖，死猪肉终究是不新鲜的，税局子是干什么的，让大街上，在光天化日之下就卖起死猪肉来？"

那也是吃了死猪肉的，但是尚且没有病的人说：

"话可也不能是那么说，一定是你疑心，你

三心二意地吃下去还会好？你看我们也一样地吃了，可怎么没病？"

间或也有小孩子太不知时务，他说他妈不让他吃，说那是瘟猪肉。

这样的孩子，大家都不喜欢。大家都用眼睛瞪着他，说他：

"瞎说！瞎说！"

有一次一个孩子说那猪肉一定是瘟猪肉，并且是当着母亲的面向邻人说的。

那人听了倒并没有坚决地表示什么，可是他的母亲的脸立刻就红了，伸出手去就打了那孩子。

那孩子很固执，仍是说：

"是瘟猪肉嘛！是瘟猪肉嘛！"

母亲实在难为情起来，就拾起门旁的烧火的叉子，向着那孩子的肩膀就打了过去。于是孩子一边哭着一边跑回家里去了。

一进门，炕沿上坐着外祖母，那孩子一边哭着一边扑到外祖母的怀里说：

"姥姥，你吃的不是瘟猪肉吗？我妈打我。"

外祖母对这打得可怜的孩子本想安慰一番，但是一抬头看见了同院的老李家的奶妈站在门口往里看。

于是外祖母就掀起孩子后衣襟来，用力地在孩子的屁股上哐哐地打起来，嘴里还说着："谁让你这么一点就胡说八道！"

直打到李家的奶妈抱着孩子走了才算完事。

那孩子哭得一塌糊涂，什么"瘟猪肉"不"瘟猪肉"的，哭得也说不清了。

总共这泥坑子施给当地居民的福利有两条：

第一条，常常抬车抬马，淹鸡淹鸭，闹得非常热闹，可使居民说长道短，得以消遣。

第二条就是这猪肉的问题了，若没有这泥坑子可怎么吃瘟猪肉呢？吃是可以吃的，但是可怎么说呢？真正说是吃的瘟猪肉，岂不太不讲卫生了吗？有这泥坑子可就好办，可以使瘟猪变成淹猪，居民们买起肉来，第一经济，第二也不算什么不卫生。

二

东二道街除了大泥坑子这番盛举之外,再就没有什么了。也不过是几家碾磨房,几家豆腐店,也有一两家机房,也许有一两家染布匹的染缸房,这个也不过是自己默默地在那里做着自己的工作,没有什么可以使别人开心的,也不能招来什么议论。那里边的人都是天黑了就睡觉,天亮了就起来工作。一年四季,春暖花开、秋雨、冬雪,也不过是随着季节穿起棉衣来,脱下单衣去地过着。生老病死也都是一声不响地默默地办理。

比方就是东二道街头,那卖豆芽菜的王寡妇吧:她在房脊上插了一个很高的杆子,杆子头上挑着一个破筐。因为那杆子很高,差不多和龙王庙的铁马铃子一般高了。来了风,庙上的铃子格棱格棱地响。王寡妇的破筐子虽是它不会响,但是它也会东摇西摆地做着态。

就这样一年一年地过去,王寡妇一年一年

地卖着豆芽菜，平静无事，过着安详的日子。忽然有一年夏天，她的独子到河边去洗澡，掉河淹死了。

这事情似乎轰动了一时，家传户晓，可是不久也就平静下去了。不但邻人、街坊，就是她的亲戚朋友也都把这回事情忘记了。

再说那王寡妇，虽然她从此以后就疯了，但她到底还晓得卖豆芽菜，她仍还静静地活着，虽然偶尔她的菜被偷了，在大街上或是在庙台上狂哭一场，但一哭过了之后，她还是平平静静地活着。

至于邻人街坊们，或是过路人看见了她在庙台上哭，也会引起一点恻隐之心来的，不过为时甚短罢了。

还有人们常常喜欢把一些不幸者归划在一起，比如疯子傻子之类，都一律去看待。

哪个乡、哪个县、哪个村都有些个不幸者，瘸子啦、瞎子啦、疯子或是傻子。

呼兰河这城里，就有许多这一类的人。人们关于他们都似乎听得多、看得多，也就不以为奇了。偶尔在庙台上或是大门洞里不幸遇到了一个，刚想多少加一点恻隐之心在那人身上，但是一转念，人间这样的人多着哩！于是转过眼睛去，三步两步地就走过去了。即或有人停下来，也不过是和那些毫没有记性的小孩子似的向那疯子投一个石子，或是做着把瞎子故意领到水沟里边去的事情。

一切不幸者，就都是叫花子，至少在呼兰河这城里边是这样。

人们对待叫花子们是很平凡的。

门前聚了一群狗在咬，主人问：

"咬什么？"

仆人答：

"咬一个讨饭的。"

说完了也就完了。

可见这讨饭人的活着是一钱不值了。

卖豆芽菜的女子，虽然她疯了还忘不了自己的悲哀，隔三岔五地还到庙台上去哭一场，但是一哭完了，仍是得回家去吃饭、睡觉、卖豆芽菜。

她仍是平平静静地活着。

三

再说那染缸房里边,也发生过不幸,两个年轻的学徒,为了争一个街头上的妇人,其中的一个把另一个按进染缸子给淹死了。死了的不说,就说那活着的也下了监狱,判了个无期徒刑。

但这也是不声不响地把事就解决了,过了三年二载,若有人提起那件事来,差不多就像人们讲着岳飞、秦桧似的,久远得不知多少年前的事情似的。

同时发生这件事情的染缸房,仍旧是在原址,甚或连那淹死人的大缸也许至今还在那儿使用着。从那染缸房发卖出来的布匹,仍旧是远近的乡镇都流通着。蓝色的布匹男人们做起棉裤棉袄,冬天穿它来抵御严寒。红色的布匹,则做成大红袍子,给十八九岁的姑娘穿上,让她去做新娘子。

总之，除了染缸房子在某年某月某日死了一个人外，其余的世界，并没有因此而改动了一点。

再说那豆腐房里边也发生过不幸：两个伙计打仗，竟把拉磨的小驴的腿打断了。

因为它是驴子，不谈它也就罢了。只因为这驴子哭瞎了一个妇人的眼睛（即打了驴子那人的母亲），所以不能不记上。

再说那造纸的纸房里边，把一个私生子活活饿死了。因为他是一个初生的孩子，算不了什么，也就不说他了。

四

其余的东二道街上，还有几家扎彩铺。这是为死人而预备的。

人死了，魂灵就要到地狱里边去，地狱里边怕是他没有房子住、没有衣裳穿、没有马骑。活着的人就为他做了这么一套，用火烧了，据说是到阴间就样样都有了。

大至喷钱兽、聚宝盆、大金山、大银山，小至丫鬟使女、厨房里的厨子、喂猪的猪倌，再小至花盆、茶壶茶杯、鸡鸭鹅犬，以至窗前的鹦鹉。

看起来真是万分的好看，大院子也有院墙，墙头上是金色的琉璃瓦，一进了院，正房五间，厢房三间，一律是青红砖瓦，窗明几净，空气特别新鲜。花盆一盆一盆地摆在花架子上，石柱子、全百合、马蛇菜、九月菊都一齐地开了。看起使人不知道是什么季节，是夏天还是秋天，居然那马蛇菜也和菊花同时站在一起。也许阴间是不分什么春夏秋冬的。这且不说。

再说那厨房里的厨子，真是活神活现，比真的厨子真是干净到一千倍，头戴白帽子、身扎白围裙，手里边在做拉面条。似乎午饭的时候就要到了，煮了面就要开饭了似的。

院子里的牵马童，站在一匹大白马的旁边，那马好像是阿拉伯马，特别高大，英姿挺立，假若有人骑上，看样子一定比火车跑得更快。就是呼兰河这城里的将军，相信他也没有骑过这样的马。

小车子、大骡子,都排在一边。骡子是油黑的,闪亮的,用鸡蛋壳做的眼睛,所以眼珠是不会转的。

大骡子旁边还站着一匹小骡子,那小骡子特别好看,眼珠和大骡子一般的大。

小车子装潢得特别漂亮,车轮子都是银色的。车前边的帘子是半掩半卷的,使人得以看到里边去。车里边是红堂堂地铺着的大红的褥子。赶车的坐在车沿上,满脸是笑,得意扬扬,装饰得特别漂亮,扎着紫色的腰带,穿着蓝色花丝葛的大袍,黑缎鞋,雪白的鞋底。大概穿起这鞋来还没有走路就赶过车来了。他头上戴着黑帽头,红帽顶,把脸扬着,他蔑视着一切,越看他越不像一个车夫,好像一位新郎。

公鸡三两只,母鸡七八只,都是在院子里边静静地啄食,一声不响,鸭子也并不呱呱地直叫,叫得烦人。狗蹲在上房的门旁,非常地守职,一动不动。

看热闹的人,人人说好,个个称赞。穷人

们看了这个竟觉得活着还没有死了好。

正房里，窗帘、被褥、桌椅板凳，一切齐全。

还有一个管家的，手里拿着一个算盘在打着，旁边还摆着一个账本，上边写着：

北烧锅欠酒二十二斤
东乡老王家昨借米二十担
白旗屯泥人子昨送地租四百三十吊
白旗屯二个子共欠地租两千吊

这以下写了个：

四月二十八日

以上的是四月二十七日的流水账，大概二十八日的还没有写吧！

看这账目也就知道阴间欠了账也是马虎不得的，也设了专门人才，即管账先生一流的人物来管。同时也可以看出来，这大宅子的主人不用说就是个地主了。

这院子里边，一切齐全，一切都好，就是看不见这院子的主人在什么地方，未免地使人疑心这么好的院子而没有主人了。这一点似乎使人感到空虚，无着无落的。

再一回头看，就觉得这院子终归是有点两样，怎么丫鬟、使女、车夫、马童的胸前都挂着一张纸条，那纸条上写着他们每个人的名字。

那漂亮得和新郎似的车夫的名字叫：

"长鞭。"

马童的名字叫：

"快腿。"

左手拿着水烟袋，右手抡着花手巾的小丫叫：

"德顺。"

另外一个叫：

"顺平。"

管账的先生叫：

"妙算。"

提着喷壶在浇花的使女叫：

"花姐。"

再一细看知道那匹大白马也是有名字的，那名字是贴在马屁股上的，叫：

"千里驹。"

其余的如骡子、狗、鸡、鸭之类没有名字。

那在厨房里拉着面条的"老王"，他身上写着他名字的纸条，来风一吹，还忽咧忽咧地跳着。

这可真有点奇怪，自家的仆人，自己都不认识了，还要挂上个名签。

这一点未免使人迷离恍惚，似乎阴间究竟没有阳间好。

虽然这么说，羡慕这座宅子的人还是不知多少。因为的确这座宅子是好：清悠、闲静、鸦雀无声，一切规整，绝不紊乱。丫鬟、使女，照着阳间的一样，鸡犬猪马，也都和阳间一样。阳间有什么，到了阴间也有，阳间吃面条，到了阴间也吃面条。阳间有车子坐，到了阴间也一样的有车子坐。阴间是完全和阳间一样，一模一样的。

只不过没有东二道街上那大泥坑子就是了。是凡好的一律都有,坏的不必有。

五

东二道街上的扎彩铺,就扎的是这一些。一摆起来又威风、又好看,但那作坊里边是乱七八糟的,满地碎纸,秫棍子一大堆,破盒子、乱罐子、颜料瓶子、糨糊盆、细麻绳、粗麻绳……走起路来,会使人跌倒。那里边砍的砍、绑的绑,苍蝇也来回地飞着。

要做人,先做一个脸孔,糊好了,挂在墙上,男的女的,到用的时候,摘下一个来就用。给一个用秫秆捆好的人架子,穿上衣服,装上一个头就像人了。把一个瘦骨伶仃的用纸糊好的马架子,上边贴上用纸剪成的白毛,即是一匹很漂亮的马了。

做这样的活计的,也不过是几个极粗糙极丑陋的人,他们虽懂得怎样打扮一个马童或是打扮一个车夫,怎样打扮一个妇人女子,但他们对他们自己是毫不加修饰的。长头发的、毛头发的、歪嘴的、歪眼的、赤足裸膝的，似乎使人不能相信，这么漂亮炫眼耀目，好像要活了的人似的，是出于他们之手。

他们吃的是粗菜、粗饭，穿的是破烂的衣服，睡觉则睡在车马、人头之中。

他们这种生活，似乎也很苦的。但是一天一天的，也就糊里糊涂地过去了，也就过着春夏秋冬，脱下单衣去，穿起棉衣来地过去了。

生、老、病、死，都没有什么表示。生了就任其自然地长去；长大就长大，长不大也就算了。

老，老了也没有什么关系，眼花了，就不看；耳聋了，就不听；牙掉了，就整吞；走不动了，就瘫着。这有什么办法，谁老谁活该。

病，人吃五谷杂粮，谁不生病呢？

死，这回可是悲哀的事情了，父亲死了儿子哭；儿子死了母亲哭；哥哥死了一家全哭；嫂子死了，她的娘家人来哭。

哭了一朝或是三日，就总得到城外去，挖

一个坑把这人埋起来。

埋了之后,那活着的仍旧得回家照旧地过着日子。该吃饭,吃饭。该睡觉,睡觉。外人绝对看不出来是他家已经没有了父亲或是失掉了哥哥,就连他们自己也不是关起门来,每天哭上一场。他们心中的悲哀,也不过是随着当地的风俗的大流逢年过节地到坟上去观望一回。二月过清明,家家户户都提着香火去上坟茔,有的坟头上塌了一块土,有的坟头上陷了几个洞,相观之下,感慨唏嘘,烧香点酒。若有近亲的人如子女父母之类,往往且哭上一场;那哭的语句,数数落落,无异是在做一篇文章或者是在诵一篇长诗。歌诵完了之后,站起来拍拍屁股上的土,也就随着上坟的人们回城的大流,回城去了。

回到城中的家里,是照旧地过着日子,一年柴米油盐,浆洗缝补。从早晨到晚上忙了个不休。夜里疲乏至极,躺在炕上就睡了。在夜梦中并梦不到什么悲哀的或是欣喜的景况,只不过咬着牙、打着呼,一夜一夜地就都这样也过去了。

假若有人问他们,人生是为了什么?他们并不会茫然无所对答的,他们会直截了当地不假思索地说了出来:"人活着是为吃饭穿衣。"

再问他,人死了呢?他们会说:"人死了就完了。"

所以没有人看见过做扎彩匠的活着的时候为自己糊一座阴宅,大概他不怎么相信阴间。假如有了阴间,到那时候他再开扎彩铺,怕又要租人家的房子了。

六

呼兰河城里,除了东二道街、西二道街、十字街之外,再就都是些个小胡同了。

小胡同里边更没有什么了,就连打烧饼麻花的店铺也不大有,就连卖红绿糖球的小床子,也都是摆在街口上去,很少有摆在小胡同里边的。那些住在小街上的人家,一天到晚看不见多少闲散杂人。耳听的眼看的,都比较的少,所以整天寂寂寞寞的，关起门来在过着生活。破草房有上半间，买上二斗豆子，煮一点盐豆下饭吃，就是一年。

在小街上住着，又冷清、又寂寞。

一个提篮子卖烧饼的，从胡同的东头喊，胡同向西头都听到了。虽然不买，若走过谁家的门口，谁家的人都是把头探出来看看，间或有问一问价钱的，问一问糖麻花和油麻花现在是不是还卖着前些日子的价钱。

间或有人走过去掀开了筐子上盖着的那张布，好像要买似的，拿起一个来摸一摸是否还是热的。

摸完了也就放下了，卖麻花的也绝对地不生气。

于是又提到第二家的门口去。

第二家的老太婆也是在闲着，于是就又伸出手来，打开筐子，摸了一回。

摸完了也是没有买。

等到了第三家，这第三家可要买了。

一个三十多岁的女人，刚刚睡午觉起来，

她的头顶上梳着一个卷，大概头发不怎样整齐，发卷上罩着一个用大黑珠线织的网子，网子上还插不少的疙瘩针。可是因为这睡觉，不但头发乱了，就是那些疙瘩针也都跳出来了，好像这女人的发卷上被射了不少的小箭头。

她一开门就很爽快，把门扇刮打得往两边一分，她就从门里闪出来了。随后就跟出来五个孩子。这五个孩子也都个个爽快。像一个小连队似的，一排就排好了。

第一个女孩子，十二三岁，伸出手来就拿了一个五吊钱一只的竹筷子长的大麻花。她的眼光很迅速，这麻花在这筐子里的确是最大的，而且就只有这一个。

第二个是男孩子，拿了一个两吊钱一只的。

第三个也是拿了个两吊钱一只的。也是个男孩子。

第四个看了看，没有办法，也只得拿了一个两吊钱的。也是个男孩子。

轮到第五个了，这个可分不出来是男孩子，还是女孩子。头是秃的，一只耳朵上挂着钳子，

瘦得好像个干柳条，肚子可特别大。看样子也不过五岁。

一伸手，他的手就比其余的四个的都黑得更厉害，其余的四个，虽然他们的手也黑得够厉害，但总还认得出来那是手，而不是别的什么，唯有他的手是连认也认不出来了。说是手吗，说是什么呢，说什么都行。完全起着黑的灰的、深的浅的，各种的云层。看上去，好像看隔山照似的，有无穷的趣味。

他就用这手在筐子里边挑选，几乎是每个都让他摸过了，不一会工夫，全个的筐子都让他翻遍了。本来这筐子虽大，麻花也并没有几只。除了一个顶大的之外，其余小的也不过十来只，经了他这一翻，可就完全遍了。弄了他满手是油，把那小黑手染得油亮油亮的，黑亮黑亮的。

而后他说：

"我要大的。"

于是就在门口打了起来。

他跑得非常之快，他去追着他的姐姐。他

的第二个哥哥，他的第三个哥哥，也都跑了上去，都比他跑得更快。再说他的大姐，那个拿着大麻花的女孩，她跑得更快到不能想象了。已经找到一块墙的缺口的地方，跳了出去。那大孩子又跳回来了，在院子里跑成了一阵旋风。

那个最小的，不知是男孩子还是女孩子的，早已追不上了。落在后边，在号啕大哭。间或也想捡一点便宜，那就是当他的两个哥哥把他的姐姐已经扭住的时候，他就趁机会想要从中抢他姐姐手里的麻花。可是几次都没有做到，于是又落在后边号啕大哭。

他们的母亲，虽然是很威风的样子，但是不动手是招呼不住他们的。母亲看了这样子也还没有个完了，就进屋去，拿起烧火的铁叉子来，向着她的孩子就奔去了。不料院子里有一个小泥坑，是猪在里打腻的地方。她恰好就跌在泥坑那儿了，把叉子跌出去五尺多远。

于是这场戏才算达到了高潮，看热闹的人没有不笑的，没有不称心愉快的。

就连那卖麻花的人也看出神了，当那女人

坐到泥坑中把泥花四边溅起来的时候，那卖麻花的差一点没把筐子掉了地下。他高兴极了，他早已经忘了他手里的筐子了。

至于那几个孩子，则早就不见了。

等母亲起来去把他们追回来的时候，那做母亲的这回可发了威风，让他们一个一个地向着太阳跪下，在院子里排起一小队来，把麻花一律地解除。

顶大的孩子的麻花没有多少了，完全被撞碎了。

第三个孩子的已经吃完了。

第二个的还剩了一点点。

只有第四个的还拿在手上没有动。

第五个，不用说，根本没有拿在手里。

闹到结果，卖麻花的和那女人吵了一阵之后提着筐子又到另一家去叫卖去了。他和那女人所吵的是关于那第四个孩子手上拿了半天的麻花又退回了的问题，卖麻花的坚持着不让退，那女人又非退回不可，结果是付了三个麻花的钱，就把那提篮子的人赶了出来了。

为着麻花而下跪的五个孩子不提了。再说那一进胡同口就被挨家摸索过来的麻花,被提到另外的胡同里去,到底也卖掉了。

一个已经脱完了牙齿的老太太买了其中的一个,用纸裹着拿到屋子去了。她一边走着一边说:

"这麻花真干净,油亮亮的。"

而后招呼了她的小孙子,快来吧。

那卖麻花的人看了老太太很喜欢这麻花,于是就又说:

"是刚出锅的,还热乎着哩!"

七

过去了卖麻花的,后半天,也许又来了卖凉粉的,也是一在胡同口的这头喊,那头就听到了。

要买的拿着小瓦盆出去了。不买的坐在屋子一听这卖凉粉的一招呼,就知道是应烧晚饭的时候了。因为这卖凉粉的一整个的夏天都是在太阳偏西,他就来的,来得那么准,就像时钟一样,到了四五点钟他必来的。就像他卖凉粉专门到这一条胡同来卖似的。似乎在别的胡同里就没有为着多卖几家而耽误了这一定的时间。

卖凉粉的一过去了,一天也就快黑了。

打着拨浪鼓的货郎,一到太阳偏西,就再不进到小巷子里来,就连僻静的街他也不去了,他担着担子从大街口走回家去。

卖瓦盆的,也早都收市了。

捡绳头的,换破烂的也都回家去了。

只有卖豆腐的则又出来了。

晚饭时节,吃了小葱蘸大酱就已经很可口了,若外加上一块豆腐,那真是锦上添花,一定要多浪费两碗苞米大芸豆粥的,一吃就吃多了,那是很自然的,豆腐加上点辣椒油,再拌上点大酱,那是多么可口的东西;用筷子触了一点点豆腐,就能够吃下去半碗饭,再到豆腐上去触了一下,一碗饭就完了。因为豆腐而多吃两碗饭,并不算吃得多,没有吃过的人,不能够晓得其中的滋味。

所以卖豆腐的人来了,男女老幼,全都欢迎。打开门来,笑盈盈地虽然不说什么,但是彼此有一种融洽的感情,默默生了起来。

似乎卖豆腐的在说:

"我的豆腐真好!"

似乎买豆腐的回答:

"你的豆腐果然不错。"

买不起豆腐的人对那卖豆腐的,就非常地羡慕,一听了那从街口越招呼越近的声音就特别地感到诱惑,假若能吃一块豆腐可不错,切上一点青辣椒,拌上一点小葱子。

但是天天这样想,天天就没有买成。卖豆腐的一来,就把这等人白白地引诱一场,于是那被诱惑的人,仍然逗不起决心,就多吃几口辣椒,辣得满头是汗。他想假若一个人开了一个豆腐房可不错,那就可以自由随便地吃豆腐了。

果然,他的儿子长到五岁的时候,问他:

"你长大了干什么?"

五岁的孩子说:

"开豆腐房。"

这显然要继承他父亲未遂的志愿。

关于豆腐这美妙的一盘菜的爱好,竟还有甚于此的,竟有想要倾家荡产的。传说上,有这样的一个家长,他下了决心,他说:

"不过了,买一块豆腐吃去!"这"不过了"的三个字,用旧的语言翻译,就是毁家纾难的意思;用现代的话来说,就是:"我破产了!"

八

卖豆腐的一收了市,一天的事情都完了。

家家户户都把晚饭吃过了。吃过了晚饭,看晚霞的看晚霞,不看晚霞的躺到炕上去睡觉的也有。

这地方的晚霞是很好看的,有一个土名,叫火烧云。说"晚霞"人们不懂,若一说"火烧云"就连三岁的孩子也会呀呀地往西天空里指给你看。

晚饭一过,火烧云就上来了。照得小孩子的脸是红的。把大白狗变成红色的狗了。红公鸡就变成金的了。黑母鸡变成紫檀色的了。喂猪的老头子,往墙根上靠,他笑盈盈地看着他的两匹小白猪,变成小金猪了,他刚想说:

"他妈的,你们也变了……"

他的旁边走来了一个乘凉的人,那人说:

"你老人家必高寿,你老是金胡子了。"

天空的云,从西边一直烧到东边,红堂堂的,好像是天着了火。

这地方的火烧云变化极多,一会红堂堂的了,一会金洞洞的了,一会半紫半黄的,一会半灰半百合色。葡萄灰、大黄梨、紫茄子,这些颜色天空上边都有。还有些说也说不出来的,见也未曾见过的,诸多种的颜色。

五秒钟之内,天空里有一匹马,马头向南,马尾向西,那马是跪着的,像是在等着有人骑到它的背上,它才站起来。再过一秒钟,没有什么变化。再过两三秒钟,那匹马加大了,马腿也伸开了，马脖子也长了，但是一条马尾巴却不见了。

看的人，正在寻找马尾巴的时候，那马就变靡了。

忽然又来了一条大狗，这条狗十分凶猛，它在前边跑着，它的后面似乎还跟了好几条小狗崽。跑着跑着，小狗就不知跑到哪里去了，大狗也不见了。

又找到了一个大狮子，和娘娘庙门前的大石头狮子一模一样，也是那么大，也是那样地蹲着，很威武的，很镇静地蹲着，它表示着蔑视一切的样子，似乎眼睛连什么也不睬。看着看着地，一不谨慎，同时又看到了别一个什么。这时候，可就麻烦了，人的眼睛不能同时又看东，又看西。这样子会活活把那个大狮子糟蹋了。一转眼，一低头，那天空的东西就变了。若是再找，怕是看瞎了眼睛也找不到了。

大狮子既然找不到，另外的那什么，比方就是一个猴子吧，猴子虽不如大狮子，可同时也没有了。

一时恍恍惚惚的，满天空里又像这个，又像那个，其实是什么也不像，什么也没有了。

必须是低下头去，把眼睛揉一揉，或者是沉静一会再来看。

可是天空偏偏又不常常等待着那些爱好它的孩子。一会工夫火烧云下去了。

于是孩子们困倦了，回屋去睡觉了。竟有还没能来得及进屋的，就靠在姐姐的腿上，或者是依在祖母的怀里就睡着了。

祖母的手里，拿着白马鬃的蝇甩子，就用蝇甩子给他驱逐着蚊虫。

祖母还不知道这孩子是已经睡了，还以为他在那里玩着呢！

"下去玩一会去吧！把奶奶的腿压麻了。"

用手一推，这孩子已经睡得摇摇晃晃的了。

这时候，火烧云已经完全下去了。

于是家家户户都进屋去睡觉，关起窗门来。

呼兰河这地方，就是在六月里也是不十分热的，夜里总要盖着薄棉被睡觉。

等黄昏之后的乌鸦飞过时，只能够隔着窗

子听到那很少的尚未睡的孩子在嚷叫：

乌鸦乌鸦你打场，
给你二斗粮……
……

那漫天盖地的一群黑乌鸦，呱呱地大叫着，在整个的县城的头顶上飞过去了。

据说飞过了呼兰河的南岸，就在一个大树林子里边住下了，明天早晨起来再飞。

夏秋之间每夜要过乌鸦，究竟这些成百成千的乌鸦过到哪里去，孩子们是不大晓得的，大人们也不大讲给他们听。

只晓得念这套歌："乌鸦乌鸦你打场，给你二斗粮……"

究竟给乌鸦二斗粮做什么，似乎不大有道理。

九

乌鸦一飞过,这一天才真正地过去了。

因为大昴星升起来了,大昴星好像铜球似的亮晶晶的了。

天河和月亮都上来了。

蝙蝠也飞起来了。

是凡跟着太阳一起来的,现在都回去了。人睡了,猪、马、牛、羊也都睡了,燕子和蝴蝶也都不飞了。就连房根底下的牵牛花,也一朵没有开的。含苞的含苞,卷缩的卷缩。含苞的准备着欢迎那早晨又要来的太阳,那卷缩的,因为它已经在昨天欢迎过了,它要落去了。

随着月亮上来的星夜,大昴星也不过是月亮的一个马前卒,让它先跑到一步就是了。

夜一来蛤蟆就叫,在河沟里叫,在洼地里叫。虫子也叫,在院心草棵子里,在城外的大田上,有的叫在人家的花盆里,有的叫在人家的坟头上。

夏夜若无风无雨就这样地过去了，一夜又一夜。

很快地夏天就过完了。秋天就来了。秋天和夏天的分别不太大，也不过天凉了，夜里非盖着被子睡觉不可。种田的人白天忙着收割，夜里多做几个割高粱的梦就是了。

女人一到了八月也不过就是浆衣裳，拆被子，捶棒槌，捶得街街巷巷早晚地叮叮地乱响。

"棒槌"一捶完，做起被子来，就是冬天。

冬天下雪了。

人们四季里，风、霜、雨、雪地过着，霜打了，雨淋了。大风来时是飞沙走石，似乎是很了不起的样子。冬天，大地被冻裂了，江河被冻住了。再冷起来，江河也被冻得锵锵地响着裂开了纹。冬天，冻掉了人的耳朵……破了人的鼻子……裂了人的手和脚。

但这是大自然的威风，与小民们无关。

呼兰河的人们就是这样，冬天来了就穿棉衣裳，夏天来了就穿单衣裳。就好像太阳出来了就起来，太阳落了就睡觉似的。

被冬天冻裂了手指的，到了夏天也自然就好了。好不了的，"李永春"药铺，去买二两红花，泡一点红花酒来擦一擦，擦得手指通红也不见消，也许就越来越肿起来。那么再到"李永春"药铺去，这回可不买红花了，是买了一贴膏药来。回到家里，用火一烤，黏黏糊糊的就贴在冻疮上了。这膏药是真好，贴上了一点也不碍事。该赶车的去赶车，该切菜的去切菜。黏黏糊糊的是真好，见了水也不掉，该洗衣裳的去洗衣裳好了。就是掉了，拿在火上再一烤，就还贴得上的。一贴，贴了半个月。

呼兰河这地方的人，什么都讲结实、耐用，这膏药这样地耐用，实在是合乎这地方的人情。虽然是贴了半个月，手也还没有见好，但这膏药总算是耐用，没有白花钱。

于是再买一贴去，贴来贴去，这手可就越肿越大了。还有些买不起膏药的，就捡人家贴乏了的来贴。

到后来，那结果，谁晓得是怎样呢，反正一塌糊涂去了吧。

春夏秋冬,一年四季来回循环地走,那是自古也就这样的了。风霜雨雪,受得住的就过去了,受不住的,就寻求着自然的结果。那自然的结果不大好,把一个人默默地一声不响地就拉着离开了这人间的世界了。

至于那还没有被拉去的,就风霜雨雪,仍旧在人间被吹打着。

第三章

一

呼兰河这小城里住着我的祖父。

我生的时候,祖父已经六十多岁了,我长到四五岁,祖父就快七十了。

我家有一个大花园,这花园里蜂子、蝴蝶、蜻蜓、蚂蚱,样样都有。蝴蝶有白蝴蝶、黄蝴蝶。这种蝴蝶极小,不太好看。好看的是大红蝴蝶,满身带着金粉。

蜻蜓是金的，蚂蚱是绿的，蜂子则嗡嗡地飞着，满身绒毛，落到一朵花上，胖圆圆的就和一个小毛球似的不动了。

花园里边明晃晃的，红的红，绿的绿，新鲜漂亮。

据说这花园，从前是一个果园。祖母喜欢吃果子就种了果园。祖母又喜欢养羊，羊就把果树给啃了。果树于是都死了。到我有记忆的时候，园子里就只有一棵樱桃树，一棵李子树，因为樱桃和李子都不大结果子，所以觉得它们是并不存在的。小的时候，只觉得园子里边就有一棵大榆树。

这榆树在园子的西北角上，来了风，这榆树先啸，来了雨，大榆树先就冒烟了。太阳一出来，大榆树的叶子就发光了，它们闪烁得和沙滩上的蚌壳一样了。

祖父一天都在后园里边，我也跟着祖父在后园里边。祖父戴一个大草帽，我戴一个小草帽，祖父栽花，我就栽花；祖父拔草，我就拔草。当祖父下种，种小白菜的时候，我就跟在后边,把那下了种的土窝,用脚一个一个地溜平。哪里会溜得准,东一脚地,西一脚地瞎闹。有的菜种不单没被土盖上,反而把菜籽踢飞了。

小白菜长得非常之快,没有几天就冒了芽了,一转眼就可以拔下来吃了。

祖父铲地,我也铲地。因为我太小,拿不动那锄头杆,祖父就把锄头杆拔下来,让我单拿着那个锄头的"头"来铲。其实哪里是铲,也不过爬在地上,用锄头乱勾一阵就是了。也认不得哪个是苗,哪个是草。往往把韭菜当作野草一起地割掉,把狗尾草当作谷穗留着。

等祖父发现我铲的那块满留着狗尾草的一片,他就问我:

"这是什么?"

我说:

"谷子。"

祖父大笑起来,笑得够了,把草摘下来问我:

"你每天吃的就是这个吗?"

我说:

"是的。"

我看着祖父还在笑,我就说:

"你不信,我到屋里拿来你看。"

我跑到屋里拿了鸟笼上的一头谷穗,远远地就抛给祖父了。说:

"这不是一样的吗?"

祖父慢慢地把我叫过去,讲给我听,说谷子是有芒针的。狗尾草则没有,只是毛嘟嘟的真像狗尾巴。

祖父虽然教我,我看了也并不细看,也不过马马虎虎承认下来就是了。一抬头看见了一根黄瓜长大了,跑过去摘下来,我又去吃黄瓜去了。

黄瓜也许没有吃完,又看见了一个大蜻蜓从旁飞过,于是丢了黄瓜又去追蜻蜓去了。蜻蜓飞得多么快,哪里会追得上?好在一开初也没有存心一定追上,所以站起来,跟了蜻蜓跑了几步就又去做别的去了。

采一个倭瓜花心,捉一个大绿豆青蚂蚱,把蚂蚱腿用线绑上,绑了一会,也许把蚂蚱腿绑掉，线头上拴了一条腿，而不见蚂蚱了。

玩腻了，又跑到祖父那里去乱闹一阵，祖父浇菜，我也抢过来浇，奇怪的就是并不往菜上浇。而是拿着水瓢，拼尽了力气，把水往天空里一扬，大喊着：

"下雨了，下雨了。"

太阳在园子里是特大的，天空是特别高的。太阳的光芒四射，亮得使人睁不开眼睛，亮得蚯蚓不敢钻出地面来，蝙蝠不敢从什么黑暗的地方飞出来。是凡在太阳下的，都是健康的、漂亮的，拍一拍连大树都会发响的，叫一叫就是站在对面的土墙都会回答似的。

花开了，就像花睡醒了似的。鸟飞了，就像鸟上天了似的。虫子叫了，就像虫子在说话似的。一切都活了。都有无限的本领，要做什么，就做什么。要怎么样，就怎么样。都是自由的。倭瓜愿意爬上架就爬上架，愿意爬上房就爬上房。黄瓜愿意开一个谎花，就开一个谎花，愿意结一个黄瓜，就结一个黄瓜。若都不愿意，就是一个黄瓜也不结，一朵花也不开，也没有人问它。玉米愿意长多高就长多高，它若愿意长上天去，也没有人管。蝴蝶随意地飞，一会从墙头上飞来一对黄蝴蝶，一会又从墙头上飞走了一个白蝴蝶。它们是从谁家来的，又飞到谁家去？太阳也不知道这个。

只是天空蓝悠悠的，又高又远。

可是白云一来了的时候，那大团的白云，好像撒了花的白银似的，从祖父的头上经过，好像要压到了祖父的草帽那么低。

我玩累了，就在房子底下找个阴凉的地方睡着了。不用枕头，不用席子，就把草帽遮在脸上就睡了。

二

祖父的眼睛是笑盈盈的，祖父的笑，常常笑得和孩子似的。

祖父是个长得很高的人，身体很健康，手里喜欢拿着个手杖。嘴上则不住地抽着旱烟管，遇到了小孩子，每每喜欢开个玩笑，说：

"你看天空飞个家雀。"

趁那孩子往天空一看,就伸出手去把那孩子的帽给取下来了,有的时候放在长衫的下边,有的时候放在袖口里头。他说:

"家雀叼走了你的帽啦。"

孩子们都知道了祖父的这一手了,并不以为奇,就抱住他的大腿,向他要帽子,摸着他的袖管,撕着他的衣襟,一直到找出帽子来为止。

祖父常常这样做,也总是把帽放在同一的地方,总是放在袖口和衣襟下。那些搜索他的孩子没有一次不是在他衣襟下把帽子拿来的,好像他和孩子们约定了似的:"我就放在这块,你来找吧!"

这样的不知做过了多少次,就像老太太永久讲着"上山打老虎"这一个故事给孩子们听似的,哪怕是已经听过了五百遍,也还是在那里回回拍手,回回叫好。

每当祖父这样做一次的时候,祖父和孩子们都一齐地笑得不得了。好像这戏还像第一次演似的。

别人看了祖父这样做，也有笑的，可不是笑祖父的手法好，而是笑他天天使用一种方法抓掉了孩子的帽子，这未免可笑。

祖父不怎样会理财，一切家务都由祖母管理。祖父只是自由自在地一天闲着；我想，幸好我长大了，我三岁了，不然祖父该多寂寞。我会走了，我会跑了。我走不动的时候，祖父就抱着我；我走动了，祖父就拉着我。一天到晚，门里门外，寸步不离，而祖父多半是在后园里，于是我也在后园里。

我小的时候，没有什么同伴，我是我母亲的第一个孩子。

我记事很早，在我三岁的时候，我记得我的祖母用针刺过我的手指，所以我很不喜欢她。我家的窗子，都是四边糊纸，当中嵌着玻璃。祖母是有洁癖的，以她屋的窗纸最白净。别人抱着把我一放在祖母的炕边上，我不假思索地就要往炕里边跑，跑到窗子那里，若不加阻止，就必得挨着排给捅破。若有人招呼着我，我也得加速地抢着多捅几个才能停止。手指一触到窗上，那纸窗像小鼓似的，嘭嘭地就破了。破得越多，自己越得意。祖母若来追我的时候，我就越得意了，笑得拍着手，跳着脚的。

有一天祖母看我来了，她拿了一个大针就到窗子外边去等我去了，我刚一伸出手去，手指就痛得厉害。我就叫起来了。那就是祖母用针刺了我。

从此，我就记住了，我不喜欢她。虽然她也给我糖吃，她咳嗽时吃猪腰川贝母，也分给我猪腰，但是我吃了猪腰还是不喜欢她。

在她临死之前，病重的时候，我还吓了她一跳。有一次她自己一个人坐在炕上熬药，药壶是坐在炭火盆上，因为屋里特别地寂静，听得见那药壶骨碌骨碌地响。祖母住着两间房子，是里外屋，恰巧外屋也没有人，里屋也没人，就是她自己。我把门一开，祖母并没看见我，于是我就用拳头在板隔壁上，咚咚地打了两拳。我听到祖母"哟"的一声，铁火剪子就掉到地上了。

我再探头一望，祖母就骂起我来。她好像就要下地来追我似的。我就一边笑着，一边跑了。

我这样地吓唬祖母，也并不是向她报复，那时我才五岁，是不晓得什么的，也许觉得这样好玩。

祖父一天到晚是闲着的，祖母什么工作也不分配给他。只有一件事，就是祖母的地榇上的摆设，有一套锡器，却总是祖父擦的。这可不知道是祖母给他的，还是他自动地愿意工作，每当祖父一擦的时候，我就不高兴，一方面是不能领着我到后园里去玩了，另一方面祖父因此常常挨骂，祖母骂他懒，骂他擦得不干净。祖母一骂祖父的时候，就常常不知为什么连我也骂上。

祖母一骂祖父，我就拉着祖父的手往外边走，一边说：

"我们后园里去吧。"

也许因此祖母也骂了我。

她骂祖父是"死脑瓜骨"，骂我是"小死

脑瓜骨"。

我拉着祖父就到后园里去了,一到了后园里,立刻就另是一个世界了。绝不是那房子里的狭窄的世界,而是宽广的,人和天地在一起,天地是多么大,多么远,用手摸不到天空。而土地上所长的又是那么繁华,一眼看上去,是看不完的,只觉得眼前鲜绿的一片。

一到后园里,我就没有对象地奔了出去,好像我是看准了什么而奔去了似的,好像有什么在那儿等着我似的。其实我是什么目的也没有。只觉得这园子里边无论什么东西都是活的,好像我的腿也非跳不可了。

若不是把全身的力量跳尽了,祖父怕我累了想招呼住我,那是不可能的,反而他越招呼,我越不听话。

等到自己实在跑不动了,才坐下来休息,那休息也是很快的,也不过随便在秧子上摘下一个黄瓜来,吃了也就好了。

休息好了又是跑。

樱桃树,明明没有结樱桃,就偏跑到树上

去找樱桃。李子树是半死的样子的，本不结李子的，就偏去找李子。一边在找还一边大声地喊，在问着祖父：

"爷爷，樱桃树为什么不结樱桃？"

祖父老远地回答着：

"因为没有开花，就不结樱桃。"

再问：

"为什么樱桃树不开花？"

祖父说：

"因为你嘴馋，它就不开花。"

我一听了这话，明明是嘲笑我的话，于是就飞奔着跑到祖父那里，似乎是很生气的样子。等祖父把眼睛一抬，他用了完全没有恶意的眼睛一看我，我立刻就笑了。而且是笑了半天的工夫才能够止住，不知哪里来了那许多的高兴，后园一时都让我搅乱了，我笑的声音不知有多大，自己都感到震耳了。

后园中有一棵玫瑰，一到五月就开花，一直开到六月。花朵和酱油碟那么大。开得很茂盛，满树都是，因为花香，招来了很多的蜂子，嗡嗡地在玫瑰树那儿闹着。

别的一切都玩厌了的时候，我就想起来去摘玫瑰花，摘了一大堆把草帽脱下来用帽兜子盛着。在摘那花的时候，有两种恐惧，一种是怕蜂子的钩刺人，另一种是怕玫瑰的刺刺手。好不容易摘了一大堆，摘完了可又不知道做什么了。忽然异想天开，这花若给祖父戴起来该多好看。

祖父蹲在地上拔草，我就给他戴花。祖父只知道我是在捉弄他的帽子，而不知道我到底是在干什么。我把他的草帽给他插了一圈的花，红通通的二三十朵。我一边插着一边笑，当我听到祖父说：

"今年春天雨水大，咱们这棵玫瑰开得这么香。二里路也怕闻得到的。"

就把我笑得哆嗦起来。我几乎没有支持的能力再插上去。等我插完了，祖父还是安然地不晓得。他还照样地拔着垅上的草。我跑得很远地站着，我不敢往祖父那边看，一看就想笑。所以我借机进屋去找一点吃的来，还没有等我回到园中，祖父也进屋来了。

那满头红通通的花朵，一进来祖母就看见了。她看见什么也没说，就大笑了起来。父亲母亲也笑了起来，而以我笑得最厉害，我在炕上打着滚笑。

祖父把帽子摘下来一看，原来那玫瑰的香并不是今年春天雨水大的缘故，而是那花就顶在他的头上。

他把帽子放下，笑了十多分钟还停不住，过一会一想起来，又笑了。

祖父刚有点忘记了，我就在旁边提着说：

"爷爷……今年春天雨水大呀……"

一提起，祖父的笑就来了。于是我也在炕上打起滚来。

就这样一天一天的，祖父，后园，我，这三样是一样也不可缺少的了。

刮了风，下了雨，祖父不知怎样，在我却是非常寂寞的了。去没有去处，玩没有玩的，觉得这一天不知有多少日子那么长。

三

　　偏偏这后园每年都要封闭一次，秋雨之后这花园就开始凋零了，黄的黄、败的败，好像很快似的一切花朵都灭了，好像有人把它们摧残了似的。它们一齐都没有从前那么健康了，好像它们都很疲倦了，而要休息了似的，好像要收拾收拾回家去了似的。

　　大榆树也是落着叶子，当我和祖父偶尔在树下坐坐，树叶竟落在我的脸上来了。树叶飞满了后园。

　　没有多少时候，大雪又落下来了，后园就被埋住了。

　　通到后园去的后门，也用泥封起来了，封得很厚，整个的冬天挂着白霜。

　　我家住着五间房子，祖母和祖父共住两间，母亲和父亲共住两间。祖母住的是西屋，母亲住的是东屋。

　　是五间一排的正房，厨房在中间，一齐是

玻璃窗子，青砖墙，瓦房间。

祖母的屋子，一个是外间，一个是内间。外间里摆着大躺箱、地长桌、太师椅。椅子上铺着红椅垫，躺箱上摆着朱砂瓶，长桌上列着座钟。钟的两边站着帽筒。帽筒上并不挂着帽子，而是插着几个孔雀翎。

我小的时候，就喜欢这个孔雀翎，我说它有金色的眼睛，总想用手摸一摸，祖母就一定不让摸，祖母是有洁癖的。

还有祖母的躺箱上摆着一个座钟，那座钟是非常稀奇的，画着一个穿着古装的大姑娘，好像活了似的，每当我到祖母屋去，若是屋子里没有人，她就总用眼睛瞪我。我几次地告诉过祖父，祖父说：

"那是画的，她不会瞪人。"

我一定说她是会瞪人的，因为我看得出来，她的眼珠像是会转。

还有祖母的大躺箱上也尽雕着小人，尽是穿古装衣裳的，宽衣大袖，还戴顶子，带着翎子。满箱子都刻着，大概有二三十个人，还有吃酒的，吃饭的，还有作揖的……

我总想要细看一看，可是祖母不让我沾边，我还离得很远的她就说：

"可不许用手摸，你的手脏。"

祖母的内间里边，在墙上挂着一个很古怪很古怪的挂钟，挂钟的下边用铁链子垂着两穗铁苞米。铁苞米比真的苞米大了很多，看起来非常重，似乎可以打死一个人。再往那挂钟里边看就更稀奇古怪了，有一个小人，长着蓝眼珠，钟摆一秒钟就响一下，钟摆一响，那眼珠就同时一转。

那小人是黄头发，蓝眼珠，跟我相差太远，虽然祖父告诉我，说那是毛子人，但我不承认她，我看她不像什么人。

所以我每次看这挂钟，就半天半天地看，都看得有点发呆了。我想：这毛子人就总在钟里边待着吗？永久也不下来玩吗？

外国人在呼兰河的土语叫作"毛子人"。我四五岁的时候，还没有见过一个毛子人，以为毛子人就是她的头发毛烘烘地卷着的缘故。

祖母的屋子除了这些东西，还有很多别的，因为那时候，别的我都不发生什么趣味，所以只记住了这三五样。

母亲的屋里，就连这一类的古怪玩意也没有了，都是些普通的描金柜，也是些帽筒、花瓶之类，没有什么好看的，我没有记住。

这五间房子的组织，除了四间住房一间厨房之外，还有极小的、极黑的两个小后房，祖母一个，母亲一个。

那里边装着各种各样的东西，因为是储藏室。

坛子罐子、箱子柜子、筐子篓子。除了自己家的东西，还有别人寄存的。

那里边是黑的，要端着灯进去才能看见。那里边的耗子很多，蜘蛛网也很多。空气不大好，永久有一种扑鼻的和药的气味似的。

我觉得这储藏室很好玩，随便打开哪一只箱子，里边一定有一些好看的东西，花丝线、各种色的绸条、香荷包、搭腰、裤腿、马蹄袖、绣花的领子。古色古香，颜色都配得特别好看。

箱子里边也常常有蓝翠的耳环或戒指，被我看见了，我一看见就非要一个玩不可，母亲就常常随手抛给我一个。

还有些桌子带着抽屉的，一打开那里边更有些好玩的东西，铜环、木刀、竹尺、观音粉。这些个都是我在别的地方没有看过的。而且这抽屉始终也是不锁的。所以我常常随意地开，开了就把样样，似乎是不加选择地都搜了出去，左手拿着木头刀，右手拿着观音粉，这里砍一下，那里画一下。后来我又得到了一个小锯，用这小锯，我开始毁坏起东西来，在椅子腿上锯一锯，在炕沿上锯一锯。我自己竟把我自己的小木刀也锯坏了。

无论吃饭和睡觉，我这些东西都带在身边，吃饭的时候，我就用这小锯，锯着馒头。睡觉做起梦来还喊着：

"我的小锯哪里去了？"

储藏室好像变成我探险的地方了。我常常趁着母亲不在屋就打开门进去了。这储藏室也有一个后窗，下半天也有一点亮光，我就趁着这亮光打开了抽屉，这抽屉已经被我翻得差不多的了，没有什么新鲜的了。翻了一会，觉得没有什么趣味了，就出来了。到后来连一块水胶，一段绳头都让我拿出来了，把五个抽屉通通拿空了。

除了抽屉还有筐子笼子，但那个我不敢动，似乎每一样都是黑洞洞的，灰尘不知有多厚，蛛网蛛丝的不知有多少，因此我连想也不想动那东西。

记得有一次我走到这黑屋子的极深极远的地方去，一个发响的东西撞在我的脚上，我摸起来抱到光亮的地方一看，原来是一个小灯笼，用手指把灰尘一划，露出来是个红玻璃的。

我在一两岁的时候，大概我是见过灯笼的，可是长到四五岁，反而不认识了。我不知道这是个什么。我抱着去问祖父去了。

祖父给我擦干净了，里边点上个洋蜡烛，于是我欢喜得就打着灯笼满屋跑，跑了好几天，一直到把这灯笼打碎了才算完了。

我在黑屋子里边又碰到了一块木头，这块木

头是上边刻着花的,用手一摸,很不光滑,我拿出来用小锯锯着。祖父看见了,说:

"这是印帖子的帖板。"

我不知道什么叫帖子,祖父刷上一片墨,刷一张给我看,我只看见印出来几个小人,还有一些乱七八糟的花,还有字。祖父说:

"咱们家开烧锅的时候,发帖子就是用这个印的,这是一百吊的……还有五十吊的十吊的……"

祖父给我印了许多,还用鬼子红给我印了些红的。

还有带缨子的清朝的帽子,我也拿了出来戴上。多少年前的老大的鹅翎扇子,我也拿了出来吹着风。翻了一瓶莎仁出来,那是治胃病的药,母亲吃着,我也跟着吃。

不久,这些八百年前的东西,都被我弄出来了。有些是祖母保存着的,有些是已经出了嫁的姑母的遗物,已经在那黑洞洞的地方放了多少年了,连动也没有动过,有些个快要腐烂了,有些个生了虫子,因为那些东西早被人们忘记了，好像世界已经没有那么一回事了。而今天忽然又来到了他们的眼前，他们受了惊似的又恢复了他们的记忆。

每当我拿出一件新的东西的时候，祖母看见了，祖母说：

"这是多少年前的了！这是你大姑在家里边玩的……"

祖父看见了，祖父说：

"这是你二姑在家时用的……"

这是你大姑的扇子，那是你三姑的花鞋……都有了来历。但我不知道谁是我的三姑，谁是我的大姑。也许我一两岁的时候，我见过她们，可是我到四五岁时，我就不记得了。

我祖母有三个女儿，到我长起来时，她们都早已出嫁了。可见二三十年内就没有小孩子了，而今也只有我一个。实在的还有一个小弟弟，不过那时他才一岁半岁的，所以不算他。

家里边多少年前放的东西，没有动过，他们过的是既不向前，也不回头的生活。是凡过去的，都算是忘记了，未来的他们也不怎样积极地希望着,只是一天一天地平板地、无怨无尤地在他们祖先给他们准备好的口粮之中生活着。

等我生来了,第一给了祖父无限的欢喜。等我长大了,祖父非常地爱我。使我觉得在这世界上,有了祖父就够了,还怕什么呢?虽然父亲的冷淡,母亲的恶言恶色,和祖母的用针刺我手指的这些事,都觉得算不了什么。何况又有后园!后园虽然让冰雪给封闭了,但是又发现了这储藏室。这里边是无穷无尽的什么都有,这里边宝藏着的都是我所想象不到的东西,使我感到这世界上的东西怎么这样多!而且样样好玩,样样新奇。

比方我得到了一包颜料,是中国的大绿,看那颜料闪着金光,可是往指甲上一染,指甲就变绿了,往胳臂上一染,胳臂立刻飞来了一张树叶似的。实在是好看,也实在是莫名其妙。所以心里边就暗暗地欢喜,莫非是我得了宝贝吗?

得了一块观音粉。这观音粉往门上一划,

门就白了一道,往窗上一划,窗就白了一道。这可真有点奇怪,大概祖父写字的墨是黑墨,而这是白墨吧?

得了一块圆玻璃,祖父说是"显微镜"。他在太阳底下一照,竟把祖父装好的一袋烟照着了。

这该多么使人欢喜,什么什么都会变的。你看它是一块废铁,说不定它就有用,比方我捡到一块四方的铁块,上边有一个小窝。祖父把榛子放在小窝里边,打着榛子给我吃。在这小窝里打,不知道比用牙咬要快了多少倍。何况祖父老了,他的牙又多半不大好。

我天天从那黑屋子往外搬着,而天天有新的。搬出来一批,玩厌了,弄坏了,就再去搬。

因此使我的祖父、祖母常常地慨叹。

他们说这是多少年前的了,连我的第三个姑母还没有生的时候就有这东西。那是多少年前的了,还是分家的时候,从我曾祖那里得来的呢。又哪样哪样是什么人送的,而那家人家到今天也都家败人亡了,而这东西还存在着。

又是我在玩着的那葡蔓藤的手镯，祖母说她就戴着这个手镯，有一年夏天坐着小车子，抱着我大姑去回娘家，路上遇了土匪，把金耳环给摘去了，而没有要这手镯。若也是金的银的，那该多危险，也一定要被抢去的。

我听了问她：

"我大姑在哪儿？"

祖父笑了。祖母说：

"你大姑的孩子比你都大了。"

原来是四十年前的事情，我哪里知道？可是藤手镯却戴在我的手上，我举起手来，摇了一阵。那手镯好像风车似的，滴溜溜地转，手镯太大了，我的手太细了。

祖母看见我把从前的东西都搬出来了，她常常骂我：

"你这孩子，没有东西不拿着玩的，这小不成器的……"

她嘴里虽然是这样说，但她又在光天化日之下得以重看到这东西，也似乎给了她一些回忆的满足。所以她说我是并不十分严刻的，我当然是不听她的,该拿还是照旧地拿。

于是我家里久不见天日的东西,经我这一搬弄,才得以见了天日。于是坏的坏,扔的扔,也就都从此消失了。

我有记忆的第一个冬天,就这样过去了。没有感到十分的寂寞,但总不如在后园里那样玩着好。但孩子是容易忘记的,也就随遇而安了。

四

第二年夏天,后园里种了不少的韭菜,是因为祖母喜欢吃韭菜馅的饺子而种的。

可是当韭菜长起来时,祖母就病重了,而不能吃这韭菜了,家里别的人也没有吃这韭菜,韭菜就在园子里荒着。

因为祖母病重,家里非常热闹,来了我的大姑母,又来了我的二姑母。

二姑母是坐着她自家的小车子来的。那拉车的骡子挂着铃铛,哗哗啷啷的就停在窗前了。

从那车上第一个就跳下来一个小孩，那小孩比我高了一点，是二姑母的儿子。

他的小名叫"小兰"，祖父让我向他叫兰哥。

别的我都不记得了，只记得不大一会工夫我就把他领到后园里去了。

告诉他这个是玫瑰树，这个是狗尾草，这个是樱桃树。樱桃树是不结樱桃的，我也告诉了他。

不知道在这之前他见过我没有，我可并没有见过他。

我带他到东南角上去看那棵李子树时，还没有走到眼前，他就说：

"这树前年就死了。"

他说了这样的话，是使我很吃惊的。这树死了，他可怎么知道的？心中立刻来了一种忌妒的情感，觉得这花园是属于我的，和属于祖父的，其余的人连晓得也不该晓得才对的。

我问他：

"那么你来过我们家吗？"

他说他来过。

这个我更生气了，怎么他来我不晓得呢？

我又问他：

"你什么时候来过的？"

他说前年来的，他还带给我一个毛猴子。他问着我：

"你忘了吗？你抱着那毛猴子就跑，跌倒了你还哭了哩！"

我无论怎样想，也想不起来了。不过总算他送给我过一个毛猴子，可见对我是很好的，于是我就不生他的气了。

从此天天就在一块玩。

他比我大三岁，已经八岁了，他说他在学堂里边念了书的，他还带来了几本书，晚上在煤油灯下他还把书拿出来给我看。书上有小人、有剪刀、有房子。因为都是带着图，我一看就连那字似乎也认识了，我说：

"这念剪刀，这念房子。"

他说不对：

"这念剪，这念房。"

我拿过来一细看，果然都是一个字，而不是两个字，我是照着图念的，所以错了。

我也有一盒方块，这边是图，那边是字，我也拿出来给他看了。

从此整天地玩。祖母病重与否，我不知道。不过在她临死的前几天就穿上了满身的新衣裳，好像要出门做客似的。说是怕死了来不及穿衣裳。

因为祖母病重，家里热闹得很，来了很多亲戚。忙忙碌碌不知忙些个什么。有的拿了些白布撕着，撕得一条一块的，撕得非常地响亮，旁边就有人拿着针在缝那白布。还有的把一个小罐，里边装了米，罐口蒙上了红布。还有的在后园门口拢起火来，在铁火勺里边炸着面饼了。问她：

"这是什么？"

"这是打狗饽饽。"

她说阴间有十八关，过到狗关的时候，狗就上来咬人，用这饽饽一打，狗吃了饽饽就不咬人了。

似乎是姑妄言之、姑妄听之，我没有听进去。

家里边的人越多，我就越寂寞，走到屋里，问问这个，问问那个，一切都不理解。祖父也似乎把我忘记了。我从后园里捉了一个特别大的蚂蚱送给他去看，他连看也没有看，就说：

"真好，真好，上后园去玩去吧！"

新来的兰哥也不陪我时，我就在后园里一个人玩。

五

祖母已经死了，人们都到龙王庙上去报过庙回来了。而我还在后园里边玩着。

后园里边下了点雨，我想要进屋去拿草帽去，走到酱缸旁边（我家的酱缸是放在后园里的），一看，有雨点啪啪地落到缸帽子上。我想缸帽子该多大，遮起雨来，比草帽一定更好。

于是我就从缸上把它翻下来了，到了地上它还乱滚一阵，这时候，雨就大了。我好不容易才设法钻进这缸帽子里去。因为这缸帽子太大了，差不多和我一般高。

我顶着它，走了几步，觉得天昏地暗。而且重也是很重的，非常吃力。而且自己已经走到哪里了，自己也不晓，只晓得头顶上啪啪啦啦地打着雨点，往脚下看着，脚下只是些狗尾草和韭菜。找了一个韭菜很厚的地方，我就坐下了，一坐下这缸帽子就和个小房似的扣着我。这比站着好得多，头顶不必顶着，帽子就扣在韭菜地上。但是里边可是黑极了，什么也看不见。

同时听什么声音，也觉得都远了。大树在风雨里边被吹得呜呜的，好像大树已经被搬到别人家的院子去似的。

韭菜是种在北墙根上，我是坐在韭菜上。北墙根离家里的房子很远，家里边那闹嚷嚷的声音，也像是来自远方。

我细听了一会，听不出什么来，还是在我自己的小屋里边坐着。这小屋这么好，不怕风，不怕雨。站起来走的时候，顶着屋盖就走了，有多么轻快。

其实是很重的了，顶起来非常吃力。

我顶着缸帽子，一路摸索着，来到了后门口，我是要顶给爷爷看看的。

我家的后门槛特别高，迈也迈不过去，因为缸帽子太大，使我抬不起腿来。好不容易两手把腿拉着，弄了半天，总算是过去。虽然进了屋，仍是不知道祖父在什么方向，于是我就大喊，正在这喊之间，父亲一脚把我踢翻了，差点把我踢到灶口的火堆上去。缸帽子也在地上滚着。

等人家把我抱了起来，我一看，屋子里的人，完全不对了，都穿了白衣裳。

再一看，祖母不是睡在炕上，而是睡在一张长板上。

从这以后祖母就死了。

六

祖母一死，家里继续着来了许多亲戚，有

的拿着香、纸，到灵前哭了一阵就回去了。有的就带着大包小包的来了就住下了。

大门前边吹着喇叭，院子里搭了灵棚，哭声终日，一闹闹了不知多少日子。

请了和尚道士来，一闹闹到半夜，所来的都是吃、喝、说、笑。

我也觉得好玩，所以就特别高兴起来。又加上从前我没有小同伴，而现在有了。比我大的，比我小的，共有四五个。我们上树爬墙，几乎连房顶也要上去了。

他们带我到小门洞子顶上去捉鸽子，搬了梯子到房檐头上去捉家雀。后园虽然大，已经装不下我了。

我跟着他们到井边去往井里边看，那井是多么深，我从未见过。在上边喊一声，里边有人回答。用一个小石子投下去，那响声是很深远的。

他们带我到粮食房子去，到碾磨房去，有时候竟把我带到街上。是已经离开家了，不跟着家人在一起，我是从来没有走过这样远的。

不料除了后园之外,还有更大的地方,我站在街上,不是看什么热闹,不是看那街上的行人车马,而是心里边想:是不是我将来一个人也可以走得很远?

有一天,他们把我带到南河沿上去了,南河沿离我家本不算远,也不过半里多地。可是因为我是第一次去,觉得实在很远。走出汗来了。走过一个黄土坑,又过一个南大营,南大营的门口,有兵把守门。那营房的院子大得在我看来太大了,实在是不应该。我们的院子就够大的了,怎么能比我们家的院子更大呢,大得有点不大好看了,我走过了,我还回过头来看。

路上有家人家,把花盆摆到墙头上来了,我觉得这也不大好,若是看不见人家偷去呢?

还看见了一座小洋房,比我们家的房不知好了多少倍。若问我,哪里好?我也说不出来,就觉得那房子是一色新,不像我家的房子那么陈旧。

我仅仅走了半里多路,所看见的可太多了。

所以觉得这南河沿实在远。问他们：

"到了没有？"

他们说：

"就到的，就到的。"

果然，转过了大营房的墙角，就看见河水了。

我第一次看见河水，我不能晓得这河水是从什么地方来的，走了几年了。

那河太大了，等我走到河边上，抓了一把沙子抛下去，那河水简直没有因此而脏了一点点。河上有船，但是不很多，有的往东去了，有的往西去了，也有的划到河的对岸去的，河的对岸似乎没有人家，而是一片柳条林。再往远看，就不能知道那是什么地方了，因为没有人家，也没有房子，也看不见道路，也听不见一点音响。

我想将来是不是我也可以到那没有人的地方去看一看。

除了我家的后园，还有街道。除了街道，还有大河。除了大河，还有柳条林。除了柳条林,还有更远的,什么也没有的地方,什么也看不见的地方,什么声音也听不见的地方。

究竟除了这些,还有什么,我越想越不知道了。

就不用说这些我未曾见过的,就说一个花盆吧,就说一座院子吧。院子和花盆,我家里都有。但说那营房的院子就比我家的大,我家的花盆是摆在后园里的,人家的花盆就摆到墙头上来了。

可见我不知道的一定还有。

所以祖母死了,我竟聪明了。

七

祖母死了,我就跟祖父学诗。因为祖父的屋子空着,我就闹着一定要睡在祖父那屋。

早晨念诗,晚上念诗,半夜醒了也是念诗。念了一阵,念困了再睡去。

祖父教我的有《千家诗》,并没有课本,全凭口头传诵,祖父念一句,我就念一句。

祖父说：

"少小离家老大回……"

我也说：

"少小离家老大回……"

都是些什么字，什么意思，我不知道，只觉得念起来那声音很好听，所以很高兴地跟着喊。我喊的声音，比祖父的声音更大。

我一念起诗来，我家的五间房都可以听见，祖父怕我喊坏了喉咙，常常警告着我说：

"房盖被你抬走了。"

听了这笑话，我略微笑了一会工夫，过不了多久，就又喊起来了。

夜里也是照样地喊，母亲吓唬我，说再喊她要打我。

祖父也说：

"没有你这样念诗的，你这不叫念诗，你这叫乱叫。"

但我觉得这乱叫的习惯不能改，若不让我叫，我念它干什么。

每当祖父教我一首新诗，一开头我若听了

不好听，我就说：

"不学这个。"

祖父于是就换一个，换一个不好，我还是不要。

"春眠不觉晓，处处闻啼鸟。

夜来风雨声，花落知多少。"

这一首诗，我很喜欢，我一念到第二句，"处处闻啼鸟"那"处处"两字，我就高兴起来了。觉得这首诗实在是好，真好听，"处处"该多好听。

还有一首我更喜欢的：

"重重叠叠上楼台，几度呼童扫不开。

刚被太阳收拾去，又为明月送将来。"

就这"几度呼童扫不开"，我根本不知道什么意思，就念成"西沥忽通扫不开"。越念越觉得好听，越念越有趣味。

每当客人来了，祖父总是呼我念诗，我就总喜念这一首。

那客人不知听懂了与否，只是点头说好。

八

就这样瞎念，到底不是久计。念了几十首之后，祖父开讲了。

"少小离家老大回，乡音无改鬓毛衰，这是说家乡的口音还没有改变，胡子可白了。"

我问祖父：

"为什么小的时候离家？离家到哪里去？"

祖父说：

"好比爷像你那么大离家，现在老了回来了，谁还认识呢？儿童相见不相识，笑问客从何处来。小孩子见了就招呼着说：你这个白胡老头，是从哪里来的？"

我一听觉得不大好，赶快就问祖父：

"我也要离家的吗？等我胡子白了回来，爷爷你也不认识我了吗？"

心里很恐惧。

祖父一听就笑了：

"等你老了还有爷爷吗？"

祖父说完,看我还是不很高兴,他又赶快说:

"你不离家的,你哪里能够离家……快再念一首诗吧!念'春眠不觉晓'……"

我一念起"春眠不觉晓"来,又是满口地大叫,得意极了。完全高兴,什么都忘了。

但从此再读新诗,一定要先讲的,没有讲过的也要重讲。似乎那大嚷大叫的习惯稍稍好了一点。

"两个黄鹂鸣翠柳,一行白鹭上青天。"

这首诗本来我也很喜欢的,黄梨是很好吃的。经祖父这一讲,说是两个鸟,于是不喜欢了。

"去年今日此门中,人面桃花相映红。

人面不知何处去,桃花依旧笑春风。"

这首诗祖父讲了我也不明白,但是我喜欢这首。因为其中有桃花。桃树一开了花不就结桃吗?桃子不是好吃吗?

所以每念完这首诗,我就接着问祖父:

"今年咱们的樱桃树开不开花?"

九

除了念诗之外,我还很喜欢吃。

记得大门洞子东边那家是养猪的,一个大猪在前边走,一群小猪跟在后边。有一天一个小猪掉井了,人们用抬土的筐子把小猪从井吊了上来。吊上来,那小猪早已死了。井口旁边围了很多人看热闹,祖父和我也在旁边看热闹。那小猪一被打上来,祖父就说他要那小猪。

祖父把那小猪抱到家里,用黄泥裹起来,放在灶坑里烧上了,烧好了给我吃。

我站在炕沿旁边,那整个的小猪,就摆在我的眼前。祖父把那小猪一撕开,立刻就冒了油,真香,我从来没有吃过那么香的东西,从来没有吃过那么好吃的东西。

第二次,又有一只鸭子掉井了,祖父也用黄泥包起来,烧上给我吃了。

在祖父烧的时候,我也帮着忙,帮着祖父搅黄泥,一边喊着,一边叫着,好像啦啦队似的

给祖父助兴。

鸭子比小猪更好吃,那肉是不怎样肥的。所以我最喜欢吃鸭子。

我吃,祖父在旁边看着,祖父不吃。等我吃完了,祖父才吃。他说我的牙齿小,怕我咬不动,先让我选嫩的吃,我吃剩的他才吃。

祖父看我每咽下去一口,他就点一下头,而且高兴地说:

"这小东西真馋。"或是"这小东西吃得真快。"

我的手满是油,随吃随在大襟上擦着,祖父看了也并不生气,只是说:

"快蘸点盐吧,快蘸点韭菜花吧,空口吃不好,等会要反胃的……"

说着就捏几个盐粒放在我手上拿着的鸭子肉上。我一张嘴又进肚去了。

祖父越称赞我能吃,我越吃得多。祖父看看不好了,怕我吃多了。让我停下,我才停下来。我明明白白地是吃不下去了,可是我嘴里还说着:

"一个鸭子还不够呢!"

自此吃鸭子的印象非常之深,等了好久,鸭子再不掉到井里,我看井沿有一群鸭子,我拿了秫秆就往井里边赶。可是鸭子不进去,围着井口转,而呱呱地叫着。我就招呼了在旁边看热闹的小孩子,我说:

"帮我赶哪!"

正在吵吵叫叫的时候,祖父奔到了,祖父说:

"你在干什么?"

我说:

"赶鸭子,鸭子掉井,捞出来好烧吃。"

祖父说:

"不用赶了,爷爷抓个鸭子给你烧着。"

我不听他的话,我还是追在鸭子的后边跑着。

祖父上前来把我拦住了,抱在怀里,一面给我擦着汗一面说:

"跟爷爷回家,抓个鸭子烧上。"

我想:不掉井的鸭子,抓都抓不住,可怎

么能规规矩矩贴起黄泥来让烧呢？于是我从祖父的身上往下挣扎着，喊着：

"我要掉井的！我要掉井的！"

祖父几乎抱不住我了。

《呼兰河传》，署名萧红，载1940年9月1日至12月27香港《星岛日报》副刊《星座》第693至810号。

回忆鲁迅先生（节选）

鲁迅先生的笑声是明朗的，是从心里的欢喜。若有人说了什么可笑的话，鲁迅先生笑得连烟卷都拿不住了，常常是笑得咳嗽起来。

鲁迅先生走路很轻捷，尤其使人记得清楚的，是他刚抓起帽子来往头上一扣，同时左腿就伸出去了，仿佛不顾一切地走去。

在鲁迅先生家里做客人，刚开始是从法租界来到虹口，搭电车也要差不多一个钟头的工夫，所以那时候来的次数比较少。记得有一次谈到半夜了，一过十二点电车就没有的，但那天不知讲了些什么，讲到一个段落就看看旁边小长桌上的圆钟，十一点半了，十一点四十五分了，电车没有了。

"反正已十二点，电车也没有，那么再坐一会。"许先生如此劝着。

鲁迅先生好像听了所讲的什么引起了幻想，安顿地举着象牙烟嘴在沉思着。

一点钟以后，送我（还有别的朋友）出来的是许先生，外边下着蒙蒙的小雨，弄堂里灯光全然灭掉了，鲁迅先生嘱咐许先生一定让坐小汽车回去，并且一定嘱咐许先生付钱。

以后也住到北四川路来，就每夜饭后必到大陆新村来了，刮风的天，下雨的天，几乎没有间断的时候。

鲁迅先生很喜欢北方饭，还喜欢吃油炸的东西，喜欢吃硬的东西，就是后来生病的时候，也不大吃牛奶。鸡汤端到旁边用调羹舀了一二下就算了事。

有一天约好我去包饺子吃，那还是住在法租界，所以带了外国酸菜和用绞肉机绞成的牛肉，就和许先生站在客厅后边的方桌边包起来。

海婴公子围着闹得起劲，一会按成圆饼的面拿去了，他说做了一只船来，送在我们的眼前，我们不看他，转身他又做了一只小鸡，许先生和我都不去看他，对他竭力避免加以赞美，若一赞美起来，怕他更做得起劲。

客厅后边没到黄昏就先黑了，背上感到些微微的寒凉，知道衣裳不够了，但为着忙，没有加衣裳去。等把饺子包完了看看那数目并不多，这才知道许先生我们谈话谈得太多，误了工作。许先生怎样离开家的，怎样到天津读书的，在女师大读书时怎样做了家庭教师，她去考家庭教师的那一段描写，非常有趣，只取一名，可是考了好几十名，她之能够当选算是难的了。指望对于学费有点补助，冬天来了，北平又冷，那家离学校又远，每月除了车子钱之外，若伤风感冒还得自己拿出买阿司匹林的钱来，每月薪金十元要从西城跑到东城……

饺子煮好，一上楼梯，就听到楼上明朗的鲁迅先生的笑声冲下楼梯来，原来有几个朋友在楼上也正谈得热闹。那一天吃的是很好的。

以后我们又做过韭菜盒子，又做过荷叶饼，我一提议鲁迅先生必然赞成，而我做得又不好，可是鲁迅还是在饭桌上举着筷子问许先生："我再吃几个吗？"

因为鲁迅先生胃不大好，每饭后必吃"脾自美"药丸一二粒。

有一天下午鲁迅先生正在校对着瞿秋白的《海上述林》，我一走进卧室去，从那圆转椅上鲁迅先生转过来了，向着我，还微微站起了一点。

"好久不见，好久不见。"一边说着一边向我点头。

刚刚我不是来过了吗？怎么会好久不见？就是上午我来的那次周先生忘记了，可是我也每天来呀……怎么都忘记了吗？

周先生转身坐在躺椅上才自己笑起来，他是在开着玩笑。

梅雨季，很少有晴天，一天的上午刚一放晴，我高兴极了，就到鲁迅先生家去了，跑得上楼还喘着，鲁迅先生说："来啦！"我说："来啦！"

我喘着连茶也喝不下。

鲁迅先生就问我：

"有什么事吗？"

我说："天晴啦，太阳出来啦。"

许先生和鲁迅先生都笑着，一种对于冲破忧郁心境的崭然的会心的笑。

海婴一看到我非拉我到院子里和他一道玩不可，拉我的头发或拉我的衣裳。

为什么他不拉别人呢？据周先生说："他看你梳着辫子，和他差不多，别人在他眼里都是大人，就看你小。"

许先生问着海婴："你为什么喜欢她呢？不喜欢别人？"

"她有小辫子。"说着就来拉我的头发。

鲁迅先生家里生客人很少，几乎没有，尤其是住在他家里的人更没有。一个礼拜六的晚上，在二楼上鲁迅先生的卧室里摆好了晚饭，围着桌子坐满了人。每逢礼拜六晚上都是这样的,周建人先生带着全家来拜访。在桌子边坐着一个很瘦的很高的穿着中国小背心的人,鲁迅先生介绍说:"这是一位同乡,是商人。"

初看似乎对的,穿着中国裤子,头发剃得很短。当吃饭时,他还让别人酒,也给我倒一盅,态度很活泼,不大像个商人;等吃完了饭,又谈到《伪自由书》及《二心集》。这个商人,开明得很,在中国不常见。没有见过的,就总不大放心。

下一次是在楼下客厅后的方桌上吃晚饭,那天很晴,一阵阵地刮着热风,虽然黄昏了,客厅后还不昏黑。鲁迅先生是新剪的头发,还能记得桌上有一盘黄花鱼,大概是顺着鲁迅先生的口味,是用油煎的。鲁迅先生前面摆着一碗酒,酒碗是扁扁的,好像用作吃饭的饭碗。那位商人先生也能喝酒,酒瓶手就站在他的旁边。他说蒙古人什么样,苗人什么样,从西藏经过时,那西藏女人见了男人追她,她就如何如何。

这商人可真怪,怎么专门走地方,而不做

买卖？并且鲁迅先生的书他也全读过，一开口这个，一开口那个。并且海婴叫他╳先生，我一听那╳字就明白他是谁了。╳先生常常回来得很迟，从鲁迅先生家里出来，在弄堂里遇到了几次。

有一天晚上╳先生从三楼下来，手里提着小箱子，身上穿着长袍子，站在鲁迅先生的面前，他说他要搬了。他告了辞，许先生送他下楼去了。这时候鲁迅先生在地板上绕了两个圈子，问我说：

"你看他到底是商人吗？"

"是的。"我说。

鲁迅先生很有意思地在地板上走几步，而后向我说："他是贩卖私货的商人，是贩卖精神上的……"

╳先生走过二万五千里回来的。

青年人写信，写得太草率，鲁迅先生是深恶痛绝之的。

"字不一定要写得好，但必须得使人一看了

就认识，年轻人现在都太忙了……他自己赶快胡乱写完了事，别人看了三遍五遍看不明白，这费了多少工夫，他不管。反正这费了工夫不是他的。这存心是不太好的。"

但他还是展读着每封由不同角落里投来的青年的信。眼睛不济时，便戴起眼镜来看，常常看到夜里很深的时光。

鲁迅先生坐在××电影院楼上的第一排，那片名忘记了，新闻片是苏联纪念五一节的红场。

"这个我怕看不到的……你们将来可以看得到。"鲁迅先生向我们周围的人说。

珂勒惠支的画，鲁迅先生最佩服，同时也很佩服她的做人。珂勒惠支受希特勒的压迫，不准她做教授，不准她画画。鲁迅先生常讲到她。

史沫特莱，鲁迅先生也讲到，她是美国女子，帮助印度独立运动，现在又在援助中国。

鲁迅先生介绍给人去看的电影：《夏伯阳》《复仇艳遇》……其余的如《人猿泰山》……或者非洲的怪兽这一类的影片，也常介绍给人的。鲁迅先生说："电影没有什么好的，看看鸟兽之类倒可以增加些对于动物的知识。"

鲁迅先生不游公园，住在上海十年，兆丰公园没有进过。虹口公园这么近也没有进过。春天一到了，我常告诉周先生，我说公园里的土松软了，公园里的风多么柔和。周先生答应选个晴好的天气，选个礼拜日，海婴休假日，好一道去，坐一乘小汽车一直开到兆丰公园，也算是短途旅行。但这只是想着而未有做到，并且把公园给下了定义，鲁迅先生说："公园的样子我知道的……一进门分做两条路，一条通左边，一条通右边，沿着路种着点柳树什么树的，树下摆着几张长椅子，再远一点有个水池子。"

我是去过兆丰公园的，也去过虹口公园或是法国公园的，仿佛这个定义适用在任何国度的公园设计者。

鲁迅先生不戴手套，不围围巾，冬天穿着黑土蓝的棉布袍子，头上戴着灰色毡帽，脚穿黑帆布胶皮底鞋。

胶皮底鞋夏天特别热，冬天又凉又湿，鲁迅先生的身体不算好，大家都提议把这鞋子换掉。鲁迅先生不肯，他说胶皮底鞋子走路方便。

"周先生一天走多少路呢？也不就一转弯到××书店走一趟吗？"

鲁迅先生笑而不答。

"周先生不是很好伤风吗？不围巾子，风一吹不就伤风了吗？"

鲁迅先生这些个都不习惯，他说：

"从小就没戴过手套围巾，戴不惯。"

鲁迅先生一推开门从家里出来时，两只手露在外边，很宽的袖口冲着风就向前走，腋下夹着个黑绸子印花的包袱，里边包着书或者是信，到老靶子路书店去了。

那包袱每天出去必带出去，回来必带回来。出去时带着给青年们的信，回来又从书店带来新的信和青年请鲁迅先生看的稿子。

鲁迅先生抱着印花包袱从外边回来,还提着一把伞,一进门客厅里早坐着客人,把伞挂在衣架上就陪客人谈起话来。谈了很久了,伞上的水滴顺着伞杆在地板上已经聚了一堆水。

鲁迅先生上楼去拿香烟,抱着印花包袱,而那把伞也没有忘记,顺手也带到楼上去。

鲁迅先生的记忆力非常之强,他的东西从不随便散置在任何地方。

鲁迅先生很喜欢北方口味。许先生想请一个北方厨子,鲁迅先生以为开销太大,请不得的,男用人,至少要十五元钱的工钱。

所以买米买炭都是许先生下手,我问许先生为什么用两个女用人都是年老的,都是六七十岁的,许先生说她们做惯了,海婴的保姆,海婴几个月时就在这里。

正说着那矮胖胖的保姆走下楼梯来了,和我们打了个迎面。

"先生,没吃茶吗?"她赶快拿了杯子去倒茶,那刚刚下楼时气喘的声音还在喉管里咕噜咕噜的，她确实年老了。

来了客人，许先生没有不下厨房的，菜食很丰富，鱼，肉……都是用大碗装着，起码四五碗，多则七八碗。可是平常就只三碗菜：一碗素炒豌豆苗，一碗笋炒咸菜，再一碗黄花鱼。

这菜简单到极点。

鲁迅先生的原稿，在拉都路一家炸油条的那里用着包油条，我得到了一张，是译《死魂灵》的原稿，写信告诉了鲁迅先生。鲁迅先生不以为稀奇，许先生倒很生气。

鲁迅先生出书的校样，都用来揩桌，或做什么的，请客人在家里吃饭，吃到半道，鲁迅先生回身去拿来校样给大家分着。客人接到手里一看，这怎么可以？鲁迅先生说：

"擦一擦，拿着鸡吃，手是腻的。"

到洗澡间去，那边也摆着校样纸。

许先生从早晨忙到晚上，在楼下陪客人，一边还手里打着毛线。不然就是一边谈着话一边站起来用手摘掉花盆里花上已干枯了的叶子。许先生每送一个客人,都要送到楼下的门口,替客人把门开开,客人走出去而后轻轻地关了门再上楼来。

来了客人还要到街上去买鱼或买鸡,买回来还要到厨房里去工作。

鲁迅先生临时要寄一封信,就得许先生换起皮鞋子来到邮局或者大陆新村旁边的信筒那里去。落着雨天,许先生就打起伞来。

许先生是忙的,许先生的笑是愉快的,但是头发有一些是白了的。

夜里去看电影,施高塔路的汽车房只有一辆车,鲁迅先生一定不坐,一定让我们坐。许先生,周建人夫人……海婴,周建人先生的三位女公子。我们上车了。

鲁迅先生和周建人先生,还有别的一二位朋友在后边。

看完了电影出来,又只叫到一部汽车,鲁迅先生又一定不肯坐,让周建人先生的全家坐着先走了。

鲁迅先生旁边走着海婴，过了苏州河的大桥去等电车去了。等了二三十分钟电车还没有来，鲁迅先生依着沿苏州河的铁栏杆坐在桥边的石围上了，并且拿出香烟来，装上烟嘴，悠然地吸着烟。

海婴不安地来回地乱跑，鲁迅先生还招呼他和自己并排坐下。

鲁迅先生坐在那和一个乡下的安静老人一样。

鲁迅先生吃的是清茶，其余不吃别的饮料。咖啡、可可、牛奶、汽水之类，家里都不预备。

鲁迅先生陪客人到深夜，必同客人一道吃些点心。那饼干就是从铺子里买来的，装在饼干盒子里，到夜深许先生拿着碟子取出来，摆在鲁迅先生的书桌上，吃完了，许先生打开立柜再取一碟。还有向日葵子差不多每来客人必不可少。鲁迅先生一边抽着烟，一边剥着瓜子吃，吃完了一碟鲁迅先生必请许先生再拿一碟来。

鲁迅先生备有两种纸烟，一种价钱贵的，一种便宜的，便宜的是绿听子的，我不认识那是什么牌子，只记得烟头上带着黄纸的嘴，每五十支的价钱大概是四角到五角，是鲁迅先生自己平日用的。另一种是白听子的，是前门烟，用来招待客人的，白听烟放在鲁迅先生书桌的抽屉里。来客人鲁迅先生下楼，把它带到楼下去，客人走了，又带回楼上来照样放在抽屉里。而绿听子的永远放在书桌上，是鲁迅先生随时吸着的。

鲁迅先生的休息，不听留声机，不出去散步，也不倒在床上睡觉，鲁迅先生自己说：

"坐在椅子上翻一翻书就是休息了。"

鲁迅先生从下午二三点钟起就陪客人，陪到五点钟，陪到六点钟，客人若在家吃饭，吃完饭又必要在一起喝茶，或者刚刚吃完茶走了，或者还没走又来了客人，于是又陪下去，陪到八点钟，十点钟，常常陪到十二点钟。从下午三点钟起，陪到夜里十二点，这么长的时间，鲁迅先生都是坐在藤躺椅上，不断地吸着烟。

客人一走，已经是下半夜了，本来已经是睡觉的时候了，可是鲁迅先生正要开始工作。

在工作之前，他稍微阖一阖眼睛，燃起一支烟来，躺在床边上，这一支烟还没有吸完，许先生差不多就在床里边睡着了。（许先生为什么睡得这样快？因为第二天早晨六七点钟就要来管理家务。）海婴这时在三楼和保姆一道睡着了。

全楼都寂静下去，窗外也一点声音没有了，鲁迅先生站起来，坐到书桌边，在那绿色的台灯下开始写文章了。

许先生说鸡鸣的时候，鲁迅先生还是坐着，街上的汽车嘟嘟地叫起来了，鲁迅先生还是坐着。

有时许先生醒了，看着玻璃窗白萨萨的了，灯光也不显得怎么亮了，鲁迅先生的背影不像夜里那样黑大。

鲁迅先生的背影是灰黑色的,仍旧坐在那里。

人家都起来了,鲁迅先生才睡下。

海婴从三楼下来了,背着书包,保姆送他到学校去,经过鲁迅先生的门前,保姆总是吩咐他说:

"轻一点走,轻一点走。"

鲁迅先生刚一睡下,太阳就高起来了。太阳照着隔院子的人家,明亮亮的,照着鲁迅先生花园的夹竹桃,明亮亮的。

鲁迅先生的书桌整整齐齐的,写好的文章压在书下边,毛笔在烧瓷的小龟背上站着。

一双拖鞋停在床下,鲁迅先生在枕头上边睡着了。

鲁迅先生喜欢吃一点酒,但是不多吃,吃半小碗或一碗。鲁迅先生吃的是中国酒,多半是花雕。

老靶子路有一家小吃茶店,只有门面一间,

在门面里边设座,座少,安静,光线不充足,有些冷落。鲁迅先生常到这吃茶店来,有约会多半是在这里边,老板是犹太也许是白俄,胖胖的。中国话大概他听不懂。

鲁迅先生这一位老人,穿着布袍子,有时到这里来,泡一壶红茶,和青年人坐在一道谈了一两个钟头。

有一天鲁迅先生的背后那茶座里边坐着一位摩登女子,身穿紫裙子黄衣裳,头戴花帽子……那女子临走时,鲁迅先生一看她,用眼瞪着她,很生气地看了她半天。而后说:

"是做什么的呢?"

鲁迅先生对于穿着紫裙子黄衣裳、花帽子的人就是这样看法的。

从福建菜馆叫的菜,有一碗鱼做的丸子。

海婴一吃就说不新鲜,许先生不信,别的人也都不信。因为那丸子有的新鲜,有的不新鲜,别人吃到嘴里的恰好都是没有改味的。

许先生又给海婴一个,海婴一吃,又不是

好的,他又嚷嚷着。别人都不注意,鲁迅先生把海婴碟里的拿来尝尝,果然不是新鲜的。鲁迅先生说:

"他说不新鲜,一定也有他的道理,不加以查看就抹杀是不对的。"

…………

以后我想起这件事来,私下和许先生谈过,许先生说:"周先生的做人,真是我们学不了的。哪怕一点点小事。"

鲁迅先生包一个纸包也要包得整整齐齐,常常把要寄出的书,鲁迅先生从许先生手里拿过来自己包,许先生本来包得多么好,而鲁迅先生还要亲自动手。

鲁迅先生把书包好了,用细绳捆上,那包方方正正的,连一个角也不准歪一点或扁一点,而后拿着剪刀,把捆书的那绳头都剪得整整齐齐。

就是包这书的纸都不是新的,都是从街上买东西回来留下来的。许先生上街回来把买来的

东西一打开随手就把包东西的牛皮纸折起来，随手把小细绳卷了一个卷。若小细绳上有一个疙瘩，也要随手把它解开的。准备着随时用随时方便。

　　本文于1939年9月22日完成。其中一部分最初发表在同年10月1日《中苏文化》第四卷第3期上。全文前半部于1939年发表在新加坡《星洲日报》副刊《晨钟》10月14日、16日—20日，题为《鲁迅先生生活散记》。1939年11月1日出版的《文艺阵地》第四卷第1期又发表了部分。最后才题为《回忆鲁迅先生》，由重庆妇女生活社于1941年1月初版。

图书在版编目（CIP）数据

火烧云 / 萧红著. -- 武汉：长江文艺出版社，2023.1（2024.4 重印）
ISBN 978-7-5702-2973-4

Ⅰ.①火… Ⅱ.①萧… Ⅲ.①散文集－中国－现代 Ⅳ.①I266

中国版本图书馆CIP数据核字(2022)第224767号

火烧云
HUO SHAO YUN

| 责任编辑：陈欣然 | 责任校对：毛季慧 |
| 整体设计：一壹图书 | 责任印制：邱 莉　王光兴 |

出版：长江出版传媒 长江文艺出版社
地址：武汉市雄楚大街268号　　邮编：430070
发行：长江文艺出版社
http://www.cjlap.com
印刷：武汉市首壹印务有限公司

开本：640 毫米×970 毫米　　1/16　　印张：8　　插页：4 页
版次：2023 年 1 月第 1 版　　2024 年 4 月第 2 次印刷
字数：51 千字

定价：23.00 元

版权所有，盗版必究（举报电话：027—87679308　87679310）
（图书出现印装问题，本社负责调换）